# 素言无忌

日常蔬食小史

柯平 著　马叙 绘

北京大学出版社
PEKING UNIVERSITY PRESS

# 图书在版编目(CIP)数据

素言无忌:日常蔬食小史/柯平著 马叙绘.—北京:北京大学出版社,2017.1
ISBN 978-7-301-27706-5

Ⅰ.①素… Ⅱ.①柯… ②马… Ⅲ.①小品文—作品集—中国—当代 ②中国画—作品集—中国—当代 Ⅳ.① I267.3 ② J222.7

中国版本图书馆 CIP 数据核字(2016)第 266004 号

| 书　　　　名 | 素言无忌:日常蔬食小史<br>Suyan Wuji |
|---|---|
| 著作责任者 | 柯平 著　马叙 绘 |
| 责任编辑 | 闵艳芸 |
| 标准书号 | ISBN 978-7-301-27706-5 |
| 出版发行 | 北京大学出版社 |
| 地　　　　址 | 北京市海淀区成府路 205 号　100871 |
| 网　　　　址 | http://www.pup.cn　新浪微博:@北京大学出版社 |
| 电子信箱 | minyanyun@163.com |
| 电　　　　话 | 邮购部 62752015　发行部 62750672　编辑部 62752824 |
| 印　刷　者 | 北京中科印刷有限公司 |
| 经　销　者 | 新华书店<br>787 毫米 ×1092 毫米　32 开本　8.75 印张　98 千字　43 幅插图<br>2017 年 1 月第 1 版　2017 年 1 月第 1 次印刷 |
| 定　　　　价 | 68.00 元 |

未经许可,不得以任何方式复制或抄袭本书之部分或全部内容。
**版权所有,侵权必究**
举报电话:010-62752024　电子信箱:fd@pup.pku.edu.cn
图书如有印装质量问题,请与出版部联系,电话:010-62756370

# 目录

向李渔致敬（代序） 木余子 / 1

说吃饭 / 1

说吃面 / 8

说吃粥 / 14

咸菜 / 21

茭白 / 28

西瓜 / 36

香椿 / 42

菱与芡 / 50

茄子癖 / 57

黄瓜脸 / 64

蚕豆 / 71

丝瓜 / 78

香蕈 / 84

南方人说土豆 / 91

藕的结构主义 / 97

韭菜纪事 / 104

馒头趣话 / 110

空心菜有心人 / 115

李和炒栗 / 120

油条麻花 / 125

水芹,旱芹 / 132

作家与豆芽 / 138

卖炒面的诗人 / 144

白菜经 / 150

荔枝谈 / 157

目录

玉米诗 / 163

苋菜八章 / 171

不可一日无笋 / 177

萝卜及其他 / 183

豌豆与豌豆饭 / 191

要莼菜，不要鲈鱼 / 197

吃杜甫及其他 / 203

豆腐闲话上篇 / 210

豆腐闲话中篇 / 217

豆腐闲话下篇 / 224

汉书下酒之类 / 231

偷荤笔记 / 236

附记 小笼包子文化史 / 248

素食帖

# 向李渔致敬（代序）

| 木余子

四年一届的奥运会是全世界人民日常生活中的一件大事，其中吾国人民思想觉悟高，既爱国又爱面子，因此把它当作政治生活中一件大事来看待的也大有人在。记得有一年某届举重比赛后的第二天，央视主持人问奥运女子举重冠军的母亲说，咱们的女英雄小时候吃什么？老妈妈回答说：吃蔬菜。问：为什么不吃肉？答：家里穷，没钱吃肉。问：现在呢？答：现在有钱了，吃肉了。主持人始闻同情心大起，花容减色，连电视机前的观众也全都眼泪汪汪的；继闻花容

转暖，春意盈盈，观众们自然也跟着绽开了笑容。

但假如写《闲情偶寄》的李渔刚好也在电视机前，看到了这个镜头，肯定对这个回答很不满意，他坚持认为没钱吃肉是好事情，不但没钱时不吃肉，就是有钱时也不能吃肉。他也许会谆谆教导我们说：有道是世间万物皆生命，你看地球上其他的那些动物，不管是天上飞的、地上爬的、水里游的，饮食习惯方面都相当简单节制。牛一生吃草活得好好的；鱼也只喝点水就能对付；屋檐上的小燕子从不拉着妈妈撒娇，说我要吃肯德基新疆羊肉串。农场的鸡鸭更是在被干掉后才不幸上一次饭店餐厅。只有人不一样，好像特别娇贵，整天就想着吃香喝辣，连梦里都是山珍海错，由此带来生态破坏、交通堵塞、家庭失和、朋友反目等诸多社会问题。如果放弃荤腥，改吃素食，相信天下立刻就会太平不少。

## 向李渔致敬
（代序）

　　而且素食的好处还远不止于此，最主要的功效表现在两个方面，一是可以获得内心清净，二是可以争取益寿延年。他还会进一步举例子说，鲁智深尿壶里的狗肉虽然好吃，哪比得原先工作单位东京大相国寺那一锅加了红豆米仁莲心白果的香喷喷的腊八粥？皇帝御厨里的鸾脯凤腊如果真是天下至味，何以七下江南的乾隆在苏州个体饭店尝了老板娘一碗菠菜豆腐汤就不肯走了？苏格拉底在自己国家里被公认为具有贵族气质，就因为常年吃胡萝卜卷心菜，身上自有一股清气。萧伯纳生前夸口死后送葬队伍要比别人长出一截，原因就是一生不沾荤腥，认为那些本该葬身他腹中的动物会记恩，在他死后赶来参加追悼会。

　　此外，无论在理论方面还是实践方面，他都会高屋建瓴，为我们制定出一整套可行性很强的方案，做到不管是烙大饼下面条还是水煮白菜清炒苋菜，都能有规可据有法可

# 向李渔致敬
（代序）

循。尤其是有关素食王国种类的众多，品貌的神奇，营养的丰富，更是慷慨激昂大力推广。他会说，看过金庸的武侠小说吗？对书里描写的天下掌门人大会有印象吗？蔬菜当然不会召开天下掌门人大会，但蔬菜中身怀绝技的家伙肯定要比老金笔下多。举个简单的例子，普普通通一棵青菜，又能碎炒，又能整煮，又能菜梗菜叶分拆而烹，又能单炒菜心，又能碾屑作馅。还能变出咸菜榨菜霉干菜臭菜梗菜花头等无数花样，其中光咸菜一项又能分出几十个品种，这不是少林方丈丐帮帮主的功夫又是什么？包括它的老搭档萝卜，同样也是神机百变，能大能小，能红能白，武功深不可测。当年有个叫陈子展的写文章夸自己家乡萝卜大，说是曹操八十三万人马下江南，一餐吃不完一只萝卜。而另有个叫梁实秋的生平爱吃北京致美斋的萝卜丝饼，所用原料却是婴儿拳头大小的小萝卜，据说稍大一些就会影响口感。

素言无忌

其他藏龙卧虎的家伙还有很多很多,自然个个也都武功高超,内外兼修。丝瓜有长达四五尺的,绝对不亚于一个小学五年级学生的身高。藕深居湖底仿佛地下工作者战斗在敌人心脏里。土豆烧牛肉能天天吃据说就等于共产主义。北京砂锅居烧茄的最高境界是"炒到微黄甚至微焦,则油复流出不少"。炒咸菜一定要加开洋,这是周作人一生的心得。空心菜又能吃又能用于战事,南朝时曾在鹦鹉洲抵挡过慕容俨的大军,看来比张教授的海带战法管用。最青嫩的茭白都穿白衬衫绿裙子,像极了纯真年代的女中学生。糖炒栗子以苏州观前街大成坊口金凤家的为最佳,那是因为老板娘长得漂亮。乾隆皇帝下江南吃到的名菜"金镶白玉版,红嘴绿鹦哥",其实不过是一碗普通的菠菜豆腐汤。蚕豆晒干做茴香豆,就能摇身一变进入文化界。芹菜夏日里会开白色花朵,有幸见到者年内当有艳遇。嘉庆年间京师上层社会吃豆芽以"镂豆芽菜使空,以火腿

## 向李渔致敬
（代序）

丝塞之"为正宗，有人说不能收入菜谱，理由是这玩法更接近于行为艺术。大白菜的菜心是蔬中妙品，从前年羹尧最爱吃，炒一碗要足足用掉几麻袋。菱的形状虽然纤艳，像极旧社会女人的小脚，但它肉质内含有的一种物质却是抗肝癌的良药。杜甫当年最喜夜雨剪春韭，新炊间黄粱，那是因为这玩意有个别名叫起阳草。豌豆与蚕豆最本质的区别在于：如果彼此都以女性来取譬的话，那么一个是小姐，另一个则是丫鬟。外国的黄瓜比中国的要长，有人据此得出老外的东西样样都要大上一号的结论，不知道对不对。张爱玲总结自己吃苋菜的经验是"炒苋菜没蒜，不值得一炒"，不禁令人想起她的另一名句"生命是一件华美的袍子，爬满了蚤子"。

自从三千年前吾国先贤左丘明首次喊出肉食者鄙素食者智的革命性口号，三百年前吾省先贤李笠翁首次承前启后

素言无忌

身体力行,其影响力听说现在终于走出国门,成为国际饮食界的中国标准。最近报上的新闻说,印度北方邦坎普尔市有位名叫根加拉姆的家伙,打生下来后从不吃肉,甚至连饭都不吃,只吃自己种的那些叫不出名字的野草,一天至少得一公斤,以表示对李老先生的敬意。最近报上的新闻又说,鉴于前总统里根吃肉吃出老年痴呆症,美国的素食主义者已向全国人民发出紧急呼吁,提醒公众一定要戒食肉类,多读李渔。性感名模翠茜·贝汉姆当即脱光衣服走上街头响应,贴在身上的那几片生菜叶子,在媒体的镜头里已成为《闲情偶寄》的英文版。日本导演小津安二郎同样也不含糊,历时多年把他的电影全都拍成素菜风格,这就又相当于将《李渔全集》整体搬上了银幕。"今天你素食了吗",这句话据说目前已代替你好晚安之类,成为全世界社交场合最时尚的礼节性用语。那么请允许我在这里狐假虎威,越俎代庖,也代替笠翁先生向你传个话:"今天你素食了吗"?

素食帖

我有一個古怪的念頭，如果考証出中國歷史上文人愛吃菜的始作俑者肯定極為有趣。
丙申春月馬叙画

# 说吃饭

吃饭人人都会，古往今来我想除哺乳期婴儿及食道癌患者外，不会吃饭的恐怕没有。自从盘古开天地，吃饭就是中国人民政治生活经济生活文化生活中的头一件大事。黄帝为什么是五帝之首？就因为吃饭这事是他发明的。郑望之《膳夫录》里有一道名膳叫做王母饭，其制法为"偏镂卵脂，盖饭面，装杂味"，即今之盖浇饭也。王母做饭自然给老公吃，天天吃这玩意，难怪司马迁说黄帝身体好，娶八个老婆生二十五个儿子。而作者本人又能不以卵字为忤，亦尽显史家风范。此后几千年的国家历史，如果说有什么规律可循，就是让老百姓有饭吃的，就能坐金銮殿；没饭吃的，就把他

素言无忌

拉下来。曾记八十年代初北京《诗刊》上有一首作者为贾平凹的诗，总共只有短短两句："吃了吗／吃了"，诗题为《三中全会以前》。调侃讽喻之余，依稀折射出此会召开之前国人实际生活的真实影像。虽说现今时代已发展到了香喷喷的大米饭往泔水缸倒，宴会上的甲鱼海鲜吃不了又不屑兜着走，以至慷慨地让猪分享的程度，我还是时常想起这两句诗，并为之伤感莫名。

《东坡养生集》里有一则故事也说到了吃饭。两个穷朋友相与言生平大志："一云，我生平不足，惟睡与饭耳，他日得志，当吃饱了饭便睡，睡了又吃饭。一云，我则异于是，当吃了再吃，何暇复睡耶？"穷人以吃饭睡觉为人生最大梦想，原也是无可非议的事情。此语虽浅俗，但相比陈胜辍耕陇上时说的什么"苟富贵，无相忘"，则要坦诚得多也朴素得多。也许正是因为这一点，苏东坡对此评价甚高：

说吃饭

"吾来庐山,闻马道士善睡,于睡中得妙,终不如措大得吃饭三昧也。"

然而吃饭人人会吃,做饭那就不是人人都会做了。《诗经》生民篇所谓"释之叟叟,烝之浮浮",毛氏孔氏陆氏等大儒先后有疏,可惜讲的都是淘米,而非做饭。一般推测,古人吃饭大约以蒸食为主,现今习惯的煮食吃法至早要到唐代才开始流行。前人笔记里对如何煮出一锅好饭自有诸多高论,总结归纳不外以下四条:一是米好,二是善淘,三是用火先武后文,四是相米放水,不多不少,燥湿得宜。尽管如此,由于米性相异及火候不易控制,具体操作起来尚难做到收发如心。电饭煲的发明给厨房带来革命性的变化,昔李渔、袁牧辈皓首穷经研究尚有不逮者,今学前小儿只需轻轻一按电钮便能得心应手。凡此种种,令人方便之余,不能不对科学的进步深怀感恩。

自从盘古开天地,吃饭就是中国人民政治生活、经济生活、文化生活中头一件大事。曾记得八十年代初期北京一诗人写了一首招待作者为贾平凹的诗,总其只三短句两句:吃了吗?吃了

丙申春月 马叙画

素食帖

说吃饭

饭间或也有杂以他物而煮的，如豌豆、青菜、藕块、红薯之类，煮出来也都风味各擅。大而概之，像用野菜和米做成饭团的籹米饭，用箬叶包米煮食的粽子，把米灌进藕节里蒸煮的糖藕，甚至小孩爱吃的爆米花，战争年代士兵随身携带的炒米等等，也尽可看做这一家族中的重要成员。李时珍是医生，他眼里的饭自然也都是可以当药吃的，姑置那些牵强诡异的什么祀灶饭、石迅饭、寒食饭不论，其中荷叶烧饭一味，用新鲜荷叶煮水放入粳米、白术（一种菊科药材）同煮，想象中应该是很好吃的。

此外还有界乎于饭粥之间，看山不是山，看水不是水，吴语叫做泡饭粥，堪称古代快餐产品。其制法极为简单，隔夜冷饭，以热水冲之，即可食用。无论从名称品相看，都当是粗俗之物，却为彼时闺秀所喜食。《影梅庵忆语》记董姬小宛："姬性淡泊，于肥甘一无嗜好，每饭以芥茶一小壶温淘，佐以水菜香豉数茎粒，便足一餐。"又《浮生六记》卷一"闺房记乐"记芸娘："其每日饭必用茶泡，喜食芥卤乳腐，吴俗呼为臭乳腐，又喜食虾卤瓜，此二物余生平所最恶者……芸曰：'……屈君试尝之。'以箸强塞余口，余掩鼻咀嚼之，似觉脆美，开鼻再嚼，竟成异味，从此亦喜食。"前者董美人，名列秦淮八艳，吴梅村诗称"欲吊薛涛怜梦断，墓门深更阻侯门"者，台湾作家高阳著五十万言大书，考定为清帝顺治董鄂妃；后者陈美人，秀外慧中，兼通诗书，俞平伯誉为中国文学史上最可爱的女人。两位佳人每天都靠一小碗泡饭打发日子，实在让人怜香惜玉，痛心疾首，可见世间万事，每多不可以理晓者。我本人怀疑这是一种秘密的美容疗法，她们引以自傲的美貌和好身材或许就是这么来的。

饭煮熟后与锅相粘的坚硬部分谓之锅巴，据梁实秋先生回忆，抗战时期后方餐馆有一道菜名叫轰炸东京，实则就

说吃饭

是虾仁锅巴汤。"侍者一手端着一大碗油炸锅巴,一手端着一小碗烩虾仁,滋啦一声,食客大悦,认为这一声响仿佛就是东京被轰炸了"。无独有偶,清初遗民诗人黄九烟因喜食锅底焦饭,文坛上的朋友赠他一个"锅巴老爹"的雅号。没想到他老兄非但不以为忤,甚至作诗自贺,其中"莫道锅巴非韵事,锅巴或借老爹传"云云。依稀一副却之不恭,受之无愧的顽劣模样。然而令人啼笑皆非的是,也不过三个世纪以后,这种受人欢迎的食品浩浩荡荡占据了中国大小超市的柜架,可谓不幸而言中。遗憾的是生产厂家没人想到要给这位第一个为锅巴写诗做广告的诗人付广告费,包括他的另一名句"高山流水诗千轴,明月清风酒一船",也因红学大师周汝昌对老曹一往情深,爱屋及乌,从此版权就被算在曹雪芹头上。当然这是闲话,就此扯过不提。

# 说吃面

炎夏长日难捱,除取金庸小说重读外,最能打发时光的恐怕要数杜甫的诗集了。尤其将各注家的选本集在一起,什么仇兆鳌的《杜诗详注》啦,浦起龙的《读杜心解》啦,杨伦的《杜诗镜铨》啦,等等等等。彼此印证对照,参详其中的异同及细微之处,也不失为暑中一大乐事。不过他们对杜甫的《槐叶冷淘》一诗倒一致认为是写冷面的。全诗二十句,其中起句"青青高槐叶,采掇付中厨"点明冷面以炒槐叶为菜佐食,即现今江浙人所谓的"面浇头"也。"入鼎资过熟",写烹制过程,"经齿冷于雪"写口感,"献芹则小小,荐藻明区区"表明自己有此佳食不敢独享,时

说吃面

怀野人献芹之心。这也就是结句"君王纳凉晚,此味亦时须"所蕴的深意了。

杜甫是诗圣,每饭不忘君是其本色,我辈俗人吃面大可不必有这么多讲究。何况面的概念在古代还涵盖烙饼、汤饼、包子、饺子、紫石街武大郎的炊饼、十字铺孙二娘的人肉馒头等所有面制食品在内。其中以汤饼为面条古名,宋人马永卿《懒真子》言之凿凿,号称"汤饼即今长寿面"也。如果此说可信,那晋人束皙《饼赋》所记"玄冬猛寒,清晨之会,滋冻鼻中,霜凝口外,充虚解战,汤饼为最",大约是有关面条最早的文献了。《新唐书·玄宗王皇后传》也说:"陛下独不念阿忠脱紫半臂易斗面,为生日汤饼邪"?堂堂大国丞相,俨然一副兰州拉面馆厨房内大师傅的架势,让人读来忍俊不禁。清人李渔更是有清一代的制面专家,其发明的"五香面"及"八珍面"两味,令所有当年有幸成为芥子园座上客的嘉宾好友食之不忘，流连忘返。其中八珍一味工艺极繁，制作极精，"以鸡鱼虾三物之肉，晒使极干，与鲜笋、香蕈、芝麻、花椒四物，共成极细之末，和入面中，与鲜汁共为八种"。光看看文字就要让人流口水。所恨封建社会无法注册专利，不然笠翁先生即可由此暴富，也不必靠打秋风和给朝中大佬提供三陪女郎混钱，以至至今尚为人所诟病。

面虽为北地主食，俗谚中与"北人乘马，南人乘船"同论的，还有一句就是"南人饭米，北人饭面"。但由于此物具有宜制宜存宜食等诸优点，南方人吃起来一向也不遑多让。唐宋以降，除浔阳江贼船上船火儿张横请宋江等人吃的"板刀面"滋味恐怕不大好受外，如杭州奎元馆的爆虾鳝面，苏州观振兴的过桥面，上海的冷面，福建的伊府面，昆山的奥灶面，镇江的锅盖面等，一向与北京致美斋的龙须

素食帖

唐宋以降除潯陽江賊船上船火兒張榜請客江芝人吃粳刀面麵時恐怕不大好受外杭州太生元館的爆虾鳝面蘇州觀振興的過橋面一直與北京致美斋的龍鬚面山西太原府的刀削面各擅其名

丙申春月 馬戬 畫

吃面圖

面,山西太原府的刀削面分庭抗礼,各擅其名,堪称天下知名的快食。包括《红楼梦》里写宝玉出家的名句"赤条条来去无牵挂",也总觉像是在为贾府的面条做推介似的。如第六十二回记宝玉生日当天芳官不习惯吃面条,厨房里柳嫂子为她另做饭菜,略可见此物在大观园餐桌上的地位。现代社会生活节奏加快,使得台湾的快餐面又异军突起,网上有个段子说馒头和面条打架输了,次日带帮兄弟去报仇,碰到方便面,一上去就怒气冲冲地说:别以为你烫了头发我就认不出你了。这种语言艺术上的机灵,可比之早年电视上那个"面对面的关怀,面对面的爱"的广告,令人耳目一新。

我喜欢在夏日自制冷面,选上好白面两斤,水沸下锅,约二三分钟捞起,在凉开水中冷却后,滤去水分,置入一大盆中加熟色拉油三两拌匀。盐及味精调入花生酱中,稀稠以适中为宜。吃时加蒜泥姜末、米醋酱油、再撒点葱花,即为

说吃面

消夏佳食。一生中另外一次吃面经验是在一九八四年,在浙江省的德清县,我去那儿组稿,一个当地文学朋友周江临请我吃一种颇具地方色彩的拌面。也就普通的面条,不用汤汁,以猪油、酱油、葱花拌匀,略放一些胡椒粉,吃起来却非常可口,至今齿颊生香。江临后来自觉在小县城里怀才不遇,辞职去北京圆明园艺术村做流浪诗人,与实验戏剧导演牟森合作搞诗剧,此事曾由《南方周末》作过报道,后来也不知搞成了没有?这倒不是我对这位萍水相逢的朋友特别眷顾,而是德清县的拌面实在是太好吃了,给人留下的印象很深。所谓"面对面的关怀,面对面的爱",不知这是否也可算是一例。

# 说吃粥

沪地朋友来家小驻，一见面就叫嚷着要吃神仙粥。此君也是美食爱好者，因此平日里通信打电话，除了交流作为千古事的文章，少不了还要交流厨艺。其中自然难免相互自夸，这神仙粥还是我在最近一通书信里才提到，没想到他一下就较上了真。记得粥谱载于清人张培仁所著《妙香室丛话》里，连忙找了出来，好在要言不烦："用糯米半合，生姜五大片，河水两碗，放砂锅内，滚一二次，入带须大葱五七个，煮至米熟，再加米醋小半盏，入内调匀。"如法炮制，煮出来居然也蛮像回事，不仅吃得宾主相欢，连儿子的感冒第二天也突然好了。看来作者所谓"此以糯米补养为君，姜葱发散为臣，

说吃粥

一补一散，而又酸醋敛之，甚有妙理。屡用屡验，非寻常发表之剂可比也"，倒也不能说他全是吹的。

由神仙粥想到南宋御厨里的梅花粥，语见赵旻、厉鹗等所著《南宋杂事诗》："饼饵生香馈几枚，水沉粘瓣制徘徊。儿家自点梅花粥，露湿亲封小芯来。"下有注云"宋时有梅花粥，杨诚斋云：蜜点梅花带露餐。及脱蕊收熬粥食之，取其助雅致，清神思也。"助雅致，清神思六字，可圈可点。遥想宫庭当年，玉人莲步碎踏露苔扫花熬粥，就算无缘品尝，这碗粥的旖旎风味也可想象。《浮生六记》里芸娘私享三白的那一碗档次或许要稍低一些，其云："是夜送亲城外，返已漏三下。腹饥索饵，婢妪以枣脯进，余嫌其甜；芸暗牵余袖，随至其室，见藏有暖粥并小菜焉，余欣然举箸。"但既为两人定情之证，加上文字上佳，味道一定也不会差到哪里去。

素言无忌

由于粥向为国人餐桌上的主食，因而当成一门学问来研究的也大有其人。《梁溪漫志》载东坡《食粥帖》："夜坐饥甚，吴子野劝食白粥，云能推陈致新，利膈养胃。僧家五更食粥，良有以也。粥既快美，粥后一觉，尤不可说，尤不可说。"这是从医学角度来说事的。曹子清官江宁织造时刻《楝亭十二种》，其中也有《粥谱》一种。内列上品三十六种，中品三十种，下品三十七种，足以洋洋大观，惊世骇俗。即以下品而言，如肉苁蓉粥，白石脂粥，犬肉粥，鲤鱼粥之类，也自非寻常之物。红学家们见曹雪芹昔著书西山黄叶村，敦诚赠诗有"满径蓬蒿老不华，举家食粥酒常赊"云云，感动得一塌糊涂，眼泪哗哗，殊不知喝粥为曹家的家传养生秘法，而且价值不菲，他们家的一锅粥，抵得上别人家里三锅饭，规格档次那是完全不一样的。如果非要跟贫困潦倒扯上什么干系，那同为敦诚所作的悼诗"孤儿渺漠魂应逐，新妇飘零目岂瞑"，诗里的这位新妇，何以

说吃粥

就看不见了？天天喝粥，买酒赊账的人，还能有钱娶小老婆吗？可见写文章搞研究，如不能做到知人论世，总是镜月水花，很难搔到痒处。

此外许多烹制方面的诀窍与要求，也不可不知。李笠翁以日常生活专家自居，于食粥一道自然也有不少独特心得。首先他指出"粥之大病，在上清下淀，如糊如膏，此火候不均之故"。太厚了怎么办，一般人想到的就是赶快加水，但在他看来这又恰恰是煮粥大忌，"粥之既熟，水米成交，犹米之酿而为酒矣。虑其太厚而入之以水，其味尚可咀乎？"他认为除煮前严格把关，认真处理好水米搭配关系，防患于未然，别无他法可想。一生大半时间被迫逍遥江湖的朱竹垞自然也有话要说："新米煮粥，不厚不薄；乘热少食，不问早晚；饥则食，此养生佳境也。"又说"凡煮粥用井水则香，用河水则淡而无味。"另一位专家级人物是满洲人尹继善，也即袁枚诗中时常提及的尹文瑞公。此人乾隆年间三任两江总督，位高权重，却不料对粥道也有十分独到的个人经验，其所创"宁人等粥，勿粥等人"八字金言，因深得食粥真趣，至今尚为人传诵。不过他的这碗粥，想象中也一定是用钱当柴熬出来的，因为官当得更大的缘故，说不定比曹家锅里的还要贵重些。

还有就是腊八粥，梁实秋形容为"粥类中的综艺节目"。《东京梦华录》称此粥也由宋代人发明，"十二月初八日，东京诸大寺以七宝五味和糯米而熬成粥，相传至今"。七宝云云，不外乎红豆、米仁、莲心、白果之类，具有一定的滋补功能，因而老少咸宜，广受欢迎。《侠客行》里赏罚二使相邀中原武林好手去海外吃的那碗名目虽同，而制法略异，那是因为在里面加了彼岛的异药珍果的缘故，以致色呈青绿，兼有辛辣之味，没有一定胆量想必不敢享用。

还有那就是腊八粥 梁实秋

形容为粥类中的
锦绣节目此粥
也由宋代人发明
十二月初八日东京
诸大寺以七宝
五味和糯米
而熬祭粥
相传至今
丙申春月
更叔画

素食帖

至于当年文坛上由作家王蒙调羹闹得沸沸扬扬的那一碗《坚硬的稀粥》，因有政治作料在里头，尽管做法独特，喜欢的人恐怕也不会多。

粥中最稀薄者谓之米汤。《笑笑录》里曾有"世俗以相娱悦者为灌米汤"的说法，不知语出何典？清李冰叔诗云"英雄末路拿稀饭，混沌初开灌米汤"，刻摹世态人情，倒也说得上是入木三分。《潜庵漫笔》一则故事说曾国藩攻克金陵后，得人颂贺诗文无数，"命书记统抄一遍，自题签曰：米汤大全。可谓雅谑矣"。其实此老政治上的机心与深谋远虑，又岂是雅谑二字可以了得？至于沪上学者邓云乡老先生自小爱喝的米汤，那是小米米汤。"多加点水，那米汤会烧得很浓很浓，有一种特别的香味。"读后不免令人神往。惜小米不易求，水质也与时俱退，因此虽屡有按图索骥之心，也只好仅作临渊羡鱼之想。

# 咸菜

一九五〇年底困居北京闭门思过的周作人收到上海乡党牛君来信,内有一节提到了咸菜,且写得相当朴实感人:"新腌腌菜,卤水淘饭,四岁小儿也喜欢之,可见其鲜。如能加几只开洋,一定更好。"其时周先生自己日子过得也不怎么样,为节省膳食开支,灶间厨下,一大缸咸菜早已腌得喷香。因被友人来信吊起胃口,当天晚餐便嘱家人做了一碗解馋,加开洋的法子是刚知道的,现学现炒,味道果然胜昔,以后也慢慢成为常例了。次早起来余甘在口,还乘兴以此为题写了一篇文章,发表在年初上海的《亦报》上。

## 素言无忌

咸菜古名叫做菹,别名叫做葅,俗称腌菜,这在中国可以说是相当了不起的东西。西周史官有"醢人共菹菹醢物六十瓮"之记录,疑为彼时皇家宫廷内的年度消费数字;而腌制咸菜专用的大缸及技术要点,亦已见于出土上博竹简《平王与王子木》篇,可见其历史之悠久。同时又价贱物美,易于储存,可抵半只冰箱,因而在古代饮食生活中占有统治地位也是很自然的事情。宋代有人甚至将它提到"一郡之政在于酒,一家之政在于菹"的高度,可谓实至名归,真正说出了老百姓的心里话。在中国,有没有一生从未吃过咸菜的人?答案恐怕是否定的。北京的水疙瘩,天津的津冬菜,保定的春不老,四川的榨菜,苏南的雪里蕻,杭嘉湖的海宁菜,它的族系和分支仿佛庞大的政治组织一样分布在全国各个省份。马克思曾说凭着《国际歌》的旋律可以在全世界找到同志,同样,凭着咸菜的香味你也可以在全中国的餐桌上找到同志。当年汪曾祺与高晓声论文化小说,汪

咸菜

认为咸菜可以算是一种中国文化,应该很有见地。因为从楚辞《惜诵》"惩于羹而吹齑兮,何不变此志也"这两句来看,连屈原的大作也很有可能是吃咸菜写出来的。

咸菜的另外一个特色是雅俗共赏,上下皆宜。《宋稗类钞》载有一则故事,讲太宗曾问名臣苏易简世上什么东西最好吃,苏的回答就是咸菜。"臣忆一日寒甚,拥炉烧火,乘兴痛饮,大醉就寝。四鼓始醒,咽吻燥渴,咀齑数茎,灿若金脆。臣此时自谓上界仙厨,鸾脯凤腊,殆恐不及。太宗笑而然之"。笑而然之,就是皇帝老儿自然亦嗜此物,也是知味之人。《榕村集》卷三十有《赐热河菜蔬恭谢札子》,为李光地受恩上表的专折,因前不久康熙派总管王朝卿传他至南书房奉旨,"颁赐瓠茄萝卜及腌菜等物。……微臣敢战兢惕谨,具折奏谢以闻"。康熙连送人的礼品都是咸菜,自己喜欢吃就更不用说了。想当年明末才子冒辟疆与名姬董小宛在如皋水绘园双宿双飞，令当代诗人柏桦神为之往，著《水绘仙侣》以颂赞之。不过厨房里的那几口腌咸菜的坛子，他可能没看到。以冒府上下数百人计，每月没有上千斤可能打发不了。而据冒氏《影梅庵忆语》自记，这事也如园中的梅花、案上的文稿、灶间的药罐、床上的病体一样，当初非得由爱姬亲手打理才能稳妥，"冬春水盐诸菜，能使黄者如蜡，碧者如荇"。活虽说是个粗糙活，但这金碧二色间再加上佳人的纤纤如玉小手，其风致之动人亦可想象，以致寄迹都门的后代诗人黄仲则乡愁顿起，"偶忆吴酸故乡味，不觉馋涎满襟袂"——想咸菜想得口水直流。

汪先生自然是一位凭着咸菜香味可以在餐桌上找到的同志。他老人家生前住在北京时，除自己多次情不自禁写文章表彰外，还盼望有人能写一本《咸菜谱》出来，赋予它以应有的历史地位。其实此前早已有书问世，那就是日本汉

学家青木正儿一九六三年在香港《新晚报》上连载过的《中国腌菜谱》。不过因彼时国禁颇严，以他的等级和资历，没资格看到罢了。这位青木老兄看来也是合格的外国咸菜同志，书中不仅对此物的渊流与派别考据详尽，文字也相当出色，这里不妨欣赏一段他初次在北京吃腌白菜时的回忆与感受："腌白菜最有滋味的，要算北京的泡菜。这是用白菜为主，和其他菜蔬，泡在有烧酒的盐水里，雪白的白菜配着鲜红的辣茄，装在盘子里很有点像京都的千枚渍的模样，味道清雅，宜于送饭，也宜于下酒，风味极佳。"

近两天雨意不断，懒得出去买菜，剥了两只冬笋，取出冰箱里的雪里蕻炒了一大碗，当然开洋也要学知堂先生放几只的。酒足饭饱，在窗下读金圣叹评点的《第五才子书施耐庵水浒传》，随便又翻出了孟森的《金圣叹考》，发现其中的一个有趣故事也与咸菜有关。据该文转引金宗楚（今

咸菜

作金清美误)《豁意轩录闻》,金圣叹临刑前曾有一密简托狱卒寄家中,后者胆小呈官,官疑必有谤语,打开一看,上写"字付大儿看,咸菜与黄豆同吃,有胡桃滋味。此法一传,我无遗憾矣"!咸菜居然成了一代文豪死前最缱恋的东西,这正好可以用来与瞿秋白烈士就义前所说的"中国的豆腐也是很好吃的呀,世界第一"配对,可谓异曲同工。

# 茭白

茭白与笋相似,因此有些地方是管茭白叫茭笋的。笋出余杭山,茭出下孤城,均为天目支峰。蔬菜中之所以有竹笋还有茭白,正如东西天目双峰对峙;武林中屠龙刀倚天剑同出;江东乔老家大乔小乔并美。又如钱牧斋在虞山下筑我闻室,打算将柳是惠香二美兼蓄。其中笋是内秀,可比柳姬;茭是外美,可比惠姬。其有诗纪云:"曲中杨柳齐舒眼,诗里芙蓉亦并头。"袁枚《题河东君像》诗也称"斑管自称诗弟子,佛香同事古先生"。陈寅恪教授当年为柳氏翻案,在资料方面下足功夫,使出宁可错杀一千不许放走一个的手段,可惜后面一联,到底还是疏忽了。不过就外形而论,茭

茭白

白较竹笋真的要好看很多，以至我每次在菜场中见到，总会想起记忆中传统的女中学生形象：白衬衫绿裙子，姣好的肌肤，颀长的身体，一派清纯秀丽气息。钱惟善《食茭白》诗也说："西风吹雨饱秋菰，卸却青衣见玉肤。客里尝新成一笑，不图今日见西湖。"末句暗用苏轼西湖诗典，诗家所谓更进一层法，即以卸去外衣后的茭白比之美人西施，复以西施比之西湖也。

茭白古称菰菜，菰又可写作苽，写《说文》的许慎老师说："雕苽，一名蒋。"写《广雅》的张揖老师补充说："菰，蒋也。其米谓之雕胡。"这两位汉朝骨灰级字典专家的发言很精彩，给葛洪为同出汉人之手的《西京杂记》作注时带来很大的便利，他说："菰之有米者，长安人谓之雕胡；有首者，谓之绿节。"其中雕胡指米，绿节指茭，意思表达得很清楚。李时珍据此在《本草纲目》里进一步发挥，说这种雕菰米在古时大大有名,"霜后采之,大如茅针,皮黑褐色,其米洁白而滑腻,作饭香脆"。他进而推论像宋玉的什么"主人之女炊雕胡之饭",曹子建的什么"芳菰精稗",指的全是这种东西。可惜"蒋"字没具体解释,尽管知道说的不是三国时魏国盗书的蒋干,吴国死后成神的钟山蒋侯,但说蒋家的祖宗当年因茭白种得好,人以地名,因有此姓,应该不会有什么问题。还有春秋时成王封的那个蒋国,虽注家众说纷纭。弄不清在哪里,但国都边上有一个很大的茭白塘,那也是可以基本肯定的。

如同菱莼蕻藕等寄身陂泽,茭白的一生也是以水为涯,洁本生来还洁去的。这种植物仿佛具有一种天生的生活适应力,不像眼下幼儿园里的小朋友们那样娇贵,需要阿姨和家长的精心照料。你随便将它往池塘边一扔,它就能自由自在地生长。而且一身是宝。除茎与籽可食用外,菰根捣汁生饮

素食帖

茭白 丙申立亥 马骏画

可以治肠胃痛；菰手腌制后可作蜜饯；菰叶更为古人日常生活所需，逢年过节家家户户包粽子时都少不了它（近代改用箬叶）。何况这里指的还只是霜后又干又老的那种，至于其青嫩时，堪为喂马的上等饲料。三国时江东孙郎军中战马何以特别的足健膘肥，勇猛耐战？已有学者考证了，其秘密就在受惠此物颇多。

茭在古时又与莼齐名，《礼记》号称"蜗醢而菰食雉羹"，拗口得很；《世说新语》简称莼菰，比它利索多了。其中菰是饭莼是菜，张志和《渔父》称"菰饭莼羹亦共餐"者是也。虽是极贱之物，倒也不是任何人都敢随便享用。作为帝王膳食凤肝龙髓的对立物，此物历史上一直作为专制社会知识分子独立人格的某种象征，从伯齐叔夷采薇而食，到张翰思鲈鱼菰莼挂冠归隐，再到朱自清拒食外国面粉，据说其内在精神一脉相传。以至我在市场上看见卖茭白的，想起

茭白

李白当年"跪进雕胡饭,月光照素盘"的虔诚架势,免不了战战兢兢,有一种参观博物馆纪念堂的沉重感觉。

而在日常生活中,茭白就是茭白,口感鲜嫩,价格便宜。一般均用作菜肴,可切丝、切块、切粒,用作肉类辅料,如茭白炒肉丝,茭白烧肉,油焖茭白什么的。其中又以《随园食单》所列的一味最为新颖独到:"切整段,酱醋炙之,尤佳",叫人读了以后不免食指动而馋涎下。可惜讲得过于简略,缺乏具体操作方针,有故意吊胃口卖关子的嫌疑。另有一法见明太祖第五子周王朱橚所撰《救荒本草》:"饥采茭菰笋,煠熟油盐调食,或采子舂为米,合粟煮粥食之,甚济饥。"那就明显是有点胡说八道了。贫家过日子自以节俭为原则,平时煮菜可能都舍不得放油。等到灾荒时饭都吃不上,哪里还有这么多的讲究?何况茭就是菰,古人已讲得清清楚楚,连这个都搞不明白,居然就敢写书当作家。

看来他老爸当初没选他当接班人是对的,不然历史上又会多出一个"何不食肉糜"的家伙。

说到我自己和茭白的关系,也可以说有点特别的因缘,一是系绿色食品平素喜食;二是所居住的湖州市为古代唯一以菰命名的县城,即战国楚江东郡菰城县也;三是直到目前为止,这里仍是全国屈指可数的茭白产地。余生也晚,科技发展,粮食不愁,因而无缘领略据称营养价值很高的雕菰饭的风味。但乡前辈中肯定有不少人是吃这玩意长大的。手边的一个例子是号称吴兴地主的沈约,有咏菰诗一首见于后人所辑《沈隐侯集》,至于是不是永明体,因不懂声韵之学,不敢保证。诗云:"结根布洲渚,垂叶满皋泽。匹彼露葵羹,可以留上客。"既用享客,亦当自食。水葵为莼之别称,食时与莼羹搭配,可见古法犹存。尽管文明的进步已经使它成为历史,但什么时候碰上大旱大灾,粮食歉收之年,试它一试，我想也是一件很有意思的事情。既可为国家减轻负担，亦能满足个人好奇心，同时又可发扬光大传统饮食文化，实在是一举三得，何乐而不为？

# 西瓜

西瓜最宜凉吃，而且最宜在室外或厨房用餐的大桌子上吃，用井水浸了，或在冰箱里镇上一会儿，呼朋辈四五人，刀手并举，围而啖之，大快朵颐，淋漓尽致。在金圣叹有关人生快事的终评名单上，夏日吃西瓜也是有幸上榜的，名列第十七位，可谓相当有眼力。用他的原话来说，叫做"夏日于朱红盘中，自拔快刀，切绿沉西瓜。不亦快哉！"但文中"绿沉"两字，我以为无关瓜之形色，而指食前须先在井水中冷浸一下的意思。绿者井水也，沈古同沉，浸也。《南史·任昉传》："出为新安太守……卒于官……武帝闻问，方食西苑绿沈瓜，投之于盘，悲不自胜。"又魏文

帝与曹质书有云:"浮甘瓜于清泉,沈朱李于寒冰。"说的虽然是黄瓜,但道理是一样的。当然冰镇效果可能更佳,但人造冰块由西班牙医生比利亚弗兰卡于公元一五五〇年发明,换算成中历为明代嘉靖二十九年,尽管在此之先中国的达官贵人已掌握在地窖里储藏冰块的技术,但这只典型的王谢堂前燕,不会轻易飞入寻常百姓家。因此现在用家用冰箱做的冰块,称它为洋货或舶来品一点也不为过。

此物的最佳食法弄清楚了,又随便查了一下它的历史,居然也跟外国有关,这可是先前没曾想到的。李时珍引前人观点说是五代时引进,但写《草木子》的叶子奇坚持称元世祖征西域中国始有种。从宋范石湖西瓜诗所谓"形模濩落淡如水,未可蒲萄苜蓿夸",及《松漠纪闻》"西瓜形如扁蒲而圆,色极青翠,经岁则变黄"的记载来看,名实不副,说的好像不是这玩意,当以叶说为是。还有就是宋人素

西瓜

以渊博著称的那几百部笔记，谈天说地，无物不及，竟没一人扯到过它，是否也可作为某种辅证？《御定佩文斋广群芳谱》有关于它的详细档案，长达一千五百字，但也只是罗列资料而已，到底怎么回事，估计当皇帝的主编跟现在的大多挂名主编一样，自己也弄不清楚。

以上说的都是作为水果的西瓜，至于它在餐桌上的表现，尽管要逊色一些，但也不是完全一无是处。前有周达观《真腊风土记》"蔬菜有西瓜"五字真言为证，虽无具体说明，但古人能以此调羹佐饭是可以肯定的。后有李恩绩《爱俪园梦影录》所记上海哈同花园女主人罗迦陵，生平喜食两样东西，一是鱼翅，一是臭西瓜皮。"这是她所特别发明，方法是把吃过了的西瓜皮，放在臭苋菜的汁卤中，经过一日或一夜后，蒸熟了，再加上一点麻油，这东西有点绍兴风味，滋味是相当的好。"这姓罗的是民国初年中国最富有的女人，王静安当年就在她手下打工，靠她文海阁里藏的那箱甲骨文，写出了惊世骇俗的《殷卜辞中所见先公先王考》和《殷周制度论》。这里头是否也有跟卜辞一样古老的臭卤的一份功劳，存疑待考。而我个人的食用经验是，将瓜皮削去外表青绿部分，切成细丝，用开水捞一下后置平盆中，用糖醋腌，上加盖盆，置冰箱内三四个小时，也就是中午制作晚餐吃吧，口感与黄瓜相似，但更有韧劲。当然这是以前没钱时候的玩法，现在此道已不闻久矣。

说到穷，还有一件跟西瓜相关的事，似也值得一说。那是在我刚上初中的时候，母亲一人工资要养五口人，家境窘迫，米饭西瓜不可兼得，舍西瓜取米饭可也。夏日喝盐开水对付炎暑，最多不过泡上一钵菊花茶，算是奢侈得可以了。有一回想吃西瓜想得馋涎欲滴，人穷志短，便跟着隔壁阿二上巷口瓜摊明目张胆地做了一回"没本钱的买卖"。一

## 西瓜

人前蹲，装模作样挑拣，一人尾踞其后，乘卖瓜的不注意，一个大圆好瓜便从胯下传至后者手中。不料正当大功告成之际，却被一教师模样妇女发现，当场喊了起来，连人带瓜一起落网。卖瓜者是一黑胖太湖农民，拳头倒有小瓜大小。阿二与我做了个眼色，两人赶紧哭哭啼啼，原先也只指望拳头落在身上时分量能轻一些，没想到事半功倍，不但免了一顿揍，卖瓜的叹口气后还扔给我们一个小的，命令我们立即滚蛋。这样美好的事情，可惜在以后的生活中不大遇得到了。

# 香椿

前阵子家里断电，学古人点蜡烛，还在香炉里插上一炷香。摆出这样的架势，总不能读《笑林广记》或《香艳丛书》吧？于是找出《毛诗正义》来翻，看了一会看不下来，只好原形毕露又换成《闲情偶寄》。书里有关香椿头命运的那段浩论，让人不免感慨。这玩意平时因处理起来麻烦很少进门，最多也就上市季节见鲜嫩可爱，偶尔买点回来切碎炒炒鸡蛋而已。但我知道周作人是爱吃的，民国九年他在京郊西山碧云寺般若堂读书养病，和尚们天天吃香椿干，他只好也跟着吃，时间一长喜欢上了。清人童岳荐《调鼎集》里另有一法为："取半老椿头阴干切碎，微炒磨末，装小瓶

香椿

罐。加小车磨油封固二十日。细袋煮出渣收贮。用时取一匙入菜内，此僧家秘法也。"因说得神秘，难免有些向往，总因嫌焯水过程麻烦一直没试过。别人是否像我一样偷懒成习，视之为在水一方的佳人，可亲而不可近，不得而知。但按李渔的解释："菜能芬人齿颊者，香椿头是也。椿头明知其香，而食者颇少，其故何欤？以椿头之味虽香而淡，不若葱蒜韭之气甚而浓。浓则为时所争尚，甘受其秽而不辞；淡则为世所共遗，自荐其香而弗受。"这样就上升到世道人心的高度，吃起来更麻烦了。

香椿不怎么吃，它在古人心目中之地位，倒是知道几分的。因蔬菜里稀奇古怪的品种虽多，像它这样又能当菜，见《本草》及诸书所记；又能当饭，见《宋史·五行志》；又能当茶，见《花木考》；又能当药，亦见《花木考》；甚至还能放在嘴里作口香糖消遣，见屠本畯《野菜笺》所云

"嚼之竟日香齿牙";倒也实在少见,如比之运动员,就是全能冠军。身世方面因此有些神秘,也可以理解。考之大小字书,《禹贡》作杶;《左传》作櫄;《说文》作櫄;就是不告诉你哪个是它真名,也即英雄莫问出处的意思。我们现在一般称它为香椿,那是因为受庄子的影响,即《逍遥篇》所谓"上古有大椿者,以八千岁为春,八千岁为秋"。话讲得比别人狠一点,佩服的人就多,影响力就大,这个椿字从此就算是它的正名。说起来,这也是搞文艺创作的不宣之秘,抱怨写了作品没人看的人不妨可以参考一下。

庄子说的这棵树到底有多大,唐人笔记《凤池编》里好像有答案,原书已佚,好在《御定渊鉴类函》里有引文:"卢携梦人赠句云:若问登庸日,庭椿不染风。初不解其语,后九年携拜相,庭下古椿一株,虽狂风骤雨,树则不湿不摇。"宋代刘原父应该是见过原书的,因有诗咏之:"野人

香椿

独爱灵椿馆,馆西灵椿耸危干。风揉雨练三月余,奕奕中庭映华伞。"尽管从他朋友梅圣俞《尹师鲁治第伐檴》诗中"人言此树古,百怪所凭依。乃俾执柯者,丁丁霜刃挥。歼殒条百尺,横仆株数围。从兹朝夕间,不闻鸟雀喧"这几句来看,这树后来应该是被姓尹的干掉了,但不影响明代那些人在此基础上继续发挥。《宦游纪闻》云:"涿州有灵椿寺,寺中椿木一本,大不可量,枝干繁盛。凡树影皆随日月升沉以为邪正,而椿影早暮未常少移。"《涌幢小品》进一步补充道:"道士月明见树顶羽衣数人,随以鹤鹿盘桓其上,隐隐有笙簧声。"古人写东西就是这样,大多抄来抄去,你的就是我的,我的就是你的。这是占了没版权法的便宜,放在现在有一半人要吃官司。但总的来说,同样记述一件事,越到后来故事就越完整,文字也越精致,这大概就是文化传承的力量了。

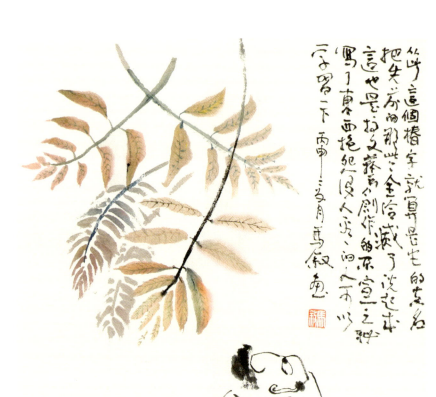

香椿

对此物始终保持敬而远之的态度,还有一个原因纯粹是心理上的。大约在古人眼里看来,椿寓高寿,萱喻忘忧,都是讨彩头的字眼,于是就有好事之徒把它们凑在一起,创造出一个新词就叫做椿萱,居然作为父母的代称迅速流行开来。晚明文坛大佬王元美在所著《宛委余编》里固执地认为:今人以椿萱拟父母,应该是受到元人传奇即戏剧作品的影响。唐宋人绝对不会这样比喻。这话讲得比较极端,就难免有麻烦,于是语音甫落,有人举出唐人牟融的一首《送徐浩》来,其诗结句有云:"知君此去情偏切,堂上椿萱雪满头。"让他不免大大出了一个洋相。同为明人的田艺衡在《留青日札》里也曾胡说"西洋国贡狮子,大抵黄色如金毛狗,而尾长。放阅则先将大铁椿长可六七尺,钉入地中,方可带索放纵。"大铁椿是什么玩意?难道他不知道椿字在当时的文化涵义吗?还跟狗搅在一起,可见无论处世为文,小田跟老田相比,还是嫩了点,根本不在一个档次。你看他老爸田汝成当年玩得多好，既能写《西湖游览志》，也能写《辽纪》和《炎徼纪闻》，对东北和广西的历史地理条分缕析，稽古证今，连当地人都表示甘拜下风，因而获得四库馆臣的表扬也是应该。后来清初的同乡后辈陆次云私淑老田，只学了他不到一半的本事，就在同一时间内写出了《湖壖杂记》和《峒溪纤志》，也是蛮厉害的。

也许是庄子的名气实在是太大了，又也许是椿字的意思实在是太好了，古人除了平时爱吃这种菜，在给子女取名时也常常会想到它。比如中唐诗人张祜，当年诗名满天下，令狐楚荐表称"辈流所推，风格罕及"，杜牧赠诗誉为"何人得似张公子，千首诗轻万户侯"。此人一生浪迹江湖，生了四个儿子，名字分别为椿儿桂子椅儿杞儿。生到第二个的时候，有诗自称"椿儿绕树春园里，桂子寻花夜月中"。其景温馨，其乐融融。后来他患病身亡，世家通旧颜萱得知后赶到他的丹阳故居去,只见椿儿(记载不一,此据《御定渊鉴类函》)还活着,其他三个都死掉了。至于是不是因为他以椿为名,又爱吃椿菜,运气比几个弟弟要好,这我就不知道了。按颜某在《过张祜处士丹阳故居并引》里自述,诗人在他孩提时曾抱过他,则年龄当与椿儿相仿。可惜这姓颜的也是个男的,不然的话,两人一椿一萱,倒是天配。如果结为夫妻,既达到仗义帮衬的目的,又能延续通家之谊,以后生出孩子来,也准保一定能高寿。

# 菱与芰

菱又是与女性身体有关的一种蔬类。"水红菱形甚纤艳，故俗以喻女人小脚，虽然我们现在看去，或者觉得有点唐突菱角，但是闻水红菱之名而颇涉遐想者恐在此刻也仍不乏其人罢？"这是周作人在其所著《自己的园地》里的一段议论。文中虽然用了疑问句式，但答案却几乎是肯定的。这部书我几年前曾从朋友处借读过，在此之先我看电影《红菱艳》，在佩服片名实在译得精彩之余，自也不免大大"颇涉遐想"过一番。不过这倒反使我为自己喜欢周氏散文又找到了一条理由。可以说，在知人论世这一点上，知堂先生完全可与乃兄并美，虽然两人的政治态度又是如此的不同。

美又是與女性身體有關的一種羞
美又是紅羞
那真是什麼呢
我想以之為題
小腳難堪
未表或
老不敢
應實以羞
但是是閉以口
羞之名而頗得
其人異,這是周作人先生其
所作自己的園地羞角
美的一段議論

丙申春月
馬叙画

素食帖

菱也是吾南方物，食用可生熟并举，其味鲜美脆嫩，令人致远。《清嘉录》载清代诗人沈朝初咏菱小词调寄《忆江南》云："苏州好，湖面半菱窠。绿蒂戈窑长荡美，中秋沙角虎丘多，滋味赛苹婆。"将菱角与作为当时珍稀水果之一的苹婆（苹果）同论，誉之亦可谓盛矣。不过有一点必须指出：菱角生食宜嫩者如水红菱、青菱等，煮炒则以老菱为佳。另《本草》称菱为芰实，这种说法其实不完全准确。其误当始于唐人《通志》所云"芰实即菱也，俗谓之菱角"。古人不用标点，于是歧义始生，到后来就更乱套了。芰本为小菱，但与实字连用，意思就不一样了，芰实亦作芡实，就变成是芡菇即鸡头。杨升庵谓"菱乃今之菱角，芰乃今之鸡头"。可能就是上了这书的当。《吴郡志》卷三十引《武陵记》佚文"四角三角曰芰，两角曰菱"，说得比较明白，当然，如果能再加一句小者为芰，大者为菱就更好了。白香山《采菱歌》"菱池如镜净无波，白点花移青角多。时唱一

菱与芰

声新水调,瞒人道是采菱歌",诗写得好不好另当别论,就凭第二句青角多三字,就敢断定他写的一定是芰而非菱。

与其他蔬菜或水果相比,菱身上最引人注目的大概就是它的角了,这一点与动物中的刺猬相似,可见越是弱小者,越懂得自我保护。此外品种之众多,形状之奇异,颜色之丰富,或许会让联合国的世界人种专家感觉很不好意思。仅据唐段成式《酉阳杂俎》所载,苏州折腰菱,多生两角,荆州的郢城菱,有三角无刺。玄都的鸡翔菱形状如鸡翅,而昆明的浮根菱则又叶在水下,菱在水上。这还不包括杭州古荡的大红菱,绍兴雷门的驼背白,松江的鹦哥青,苏北的乌菱等等等等。《味水轩日记》作者李日华万历三十八年有过一趟神秘的南岳之行,不过旅程开头部分还是相当明朗的。其九月九日有记云:"由谢村取余杭道。曲溪浅渚,被水皆菱角,有深浅红及惨碧三色。舟行掬手可取而不设塍埕,僻地俗淳此亦可见。余坐篷底，阅所携康乐集，遇一秀句，则引一酹。酒渴思解，奴子康素工掠食，偶命之，甚资咀嚼。平生耻为不义，此其愧心者也。"

但李竹懒家乡南湖的水青菱却偏生无角，大名就叫无角菱，吃起来极为利爽。这本是古代秀州即今天嘉兴市的光荣，不过也有人因为它身上没有角，觉得好欺负，于是发生过一些不愉快的事情。最初为它做广告的是南宋人方回，其《听航船歌》之四结句有云"争似梢工留口吃，秀州城外鸭馄饨"。所谓鸭馄饨者，形容此菱之形状，即以湖为碗，以菱为馄饨，奇想逸思，曲尽其妙。稍后周草窗在《癸辛杂识》里引用时，却把诗题改作《竹杖》，首句改作"跳上岸头须记取"，据说方某生前曾得罪过姓周的，因有此一番戏侮，这也不去管他。等后来朱竹垞写《鸳鸯湖棹歌》，"鸭馄饨小漉微盐，雪后垆头酒价廉。"事情已经有了质的

菱与菱

变化，吃菱居然要沾盐，可谓前所未闻。再等到他曾孙朱麟应续棹歌百首："菱生别港角多尖，独爱南塘味最甜。"馄饨已不提，口味由咸转甜，而南湖亦悄悄变为南塘。再等到张燕昌复续棹歌百首："门外南湖菱最美，胜它风味鸭馄饨"，本体喻体终于成功割裂，菱和馄饨分成两样东西了。难怪当年我在嘉兴跟朋友说想附庸风雅一下，下午他拿来的是几个孵退蛋（俗称喜蛋），此即今天嘉兴所谓鸭馄饨也。好在南湖菱还是南湖菱，不会因文人们的信口雌黄而改变其原有的本色，不仅风采如旧，而且味道更佳，每年夏末秋初去彼地旅游的客人，几乎没有不买上一大篓一路吃回去的。

菱甚至对于癌病患者也是一大福音，这是上网以前就知道的。据现代科学研究发现，菱角肉质内含有一种能够抗腹水肝癌的物质，多食有利于控制病情发展。但事情虽然是好事情，要想真正付诸实施，又觉难度颇大，这就有点像昆德拉在小说《生命中不能承受之轻》里讨论的主题了。我的意思是说,当患者闻癌色变,病急投医之初,没有不寄希望于各种最新抗癌手段,包括化疗在内,而绝少有人敢独树一帜以身试菱者。等到病入膏肓,药石罔效,再回过头来急忙抱起菱筐,视之如救命菩萨,想必又为时已晚,恐非区区一点"肉质内的抗癌物质"所能挽狂澜于既倒,扶巨厦于将倾了。可见这事与世界上许多别的事情道理上是一样的,知易行难,姑置勿论可也。

# 茄子癖

让一个不吃茄子的人来写茄子简直就像是让洋人唱京戏，让和尚上发廊，让新潮作家使用山药蛋派笔法写小说，实在是尴尬而残酷的一件事情。我素不喜食茄子，自己也说不上是什么原因，或许是天生与此物无缘，或许是少年时读明清言情小说读多了，对此物印象不是很好，有点望而生畏的感觉，因此在这篇文章里只是转述别人的经验，尽可能不带半点个人的偏见和感情色彩。

印象中，梁实秋三十年代在北平时似乎特别的嗜食茄子。那时他最爱去的馆子好像是东兴楼和西四牌楼北面的砂锅居。梁先生是饮食名家,于茄子一道自然也有着极高的鉴赏水平:"茄子不需削皮,切成一寸多长的块块,用刀在无皮处划出纵横的刀痕,像划腰花那样,划得越细越好,入油锅炸。茄子吸油,所以锅里油要多,但是炸到微黄甚至微焦,则油复流出不少。炸好的茄子捞出,然后炒里脊肉丝少许,把茄子投入翻炒,加酱油,急速取出盛盘,上面洒大量蒜末,味极甜美,送饭最宜。"这段生动的文字见于他晚年所著《雅舍谈吃》一书。我最喜欢其中"炒到微黄甚至微焦,则油复流出不少"这两句,让人浮想联翩,别有所悟。非得对国事人情有洞察入微眼力如梁先生者,想必不能道此。

梁先生笔下的烧茄子是北方名菜,但它的发明者不是东兴楼的掌厨大师傅,而是清代乾隆年间的京城豪绅卢八太爷。此人是袁枚好友,正宗做法是"切茄作小块,不去

茄子瓣

皮,入油炸微黄,加秋油炮炒"。秋油一物,大小字书无解。包括现在《辞海》里也找不到,疑为糟油之别称。顾中村《养小录》卷上有"糟油"条并附具体做法,其文云:"作成甜糟十斤,麻油五斤,上盐二斤八两,花椒一两拌匀。先将空瓶用麻布扎口,贮瓮内后,入糟封固,数月后空瓶沥满,就是糟油。甘美之甚。"当年袁随园食后余甘在舌,念念不忘,回南京小仓山房曾如法炮制,却"学之而未尽其妙",那不是他的厨房长王小余烹调水平有问题,而是因为北方的茄子与南方的不同,其地干旱,所以茄子肉质坚实、宜于烧灼。昔人所谓"橘生淮南则为橘,生于淮北则为枳",大约就是这么个意思。袁诗人学富五车,有时却也不免小有失察。

茄子系夏日时蔬,因此它的另外一种主要吃法那就是凉拌。煮烂的茄子,切成长条,浇上麻油、米醋,撒上蒜末，想象中应该是很好吃的。又因此物价廉物美，嗜茄成癖者自然也大有人在。即以作家中人为例，李渔习惯以茄为饭，"实则不止当菜，兼作饭矣"；与他同时代略晚的诗人吴小谷则喜"将整茄子削皮，滚水泡去苦汁，猪油炙之"。写电影《霸王别姬》的香港著名女作家李碧华认为茄子"有独特的味感"，但讨厌它的紫色；而她的前辈作家张爱玲喜欢的恰恰正是茄子的颜色："看不到田园里的茄子，到菜场上去看看也好——那么复杂的，油润的紫色！"连自称从小受父母宠爱，不让她干粗活，不懂怎么烧饭煮菜的王映霞，婚后住在上海赫德路嘉禾里的石库房里，在郁达夫的要求和鼓励下，学会的第一手功夫居然也跟茄子有关，即典型的上海菜，叫做茄鲞。具体方法是鳓鲞切块，两面煎黄捞起；嫩茄切丝下锅翻炒半熟，倒入鱼块，加黄酒白糖文火略焖，起锅前放入葱花，"佐酒佐饭，均所宜也。郁达夫把它当作下酒菜，可吃好长时间"。

素言无忌

当然，说到最繁复精致的茄子的吃法，怎么也比不过《红楼梦》第四十一回刘姥姥二进大观园时凤姐儿夹给她的那一筷子：刘姥姥细嚼了半日，笑道"虽有一点茄子香，只是还不像是茄子，告诉我是什么法子弄的，我也弄着吃去"。凤姐儿笑道："这也不难，你把才下来的茄子皮削了，只要净切成碎钉子，用鸡油炸；再用鸡脯子肉，并香菌、新笋、蘑菇、五香腐干，各色干果子但切成钉子，用鸡汤煨干，将香油一收，外加糟油一拌，盛在瓷罐子里封严；要吃时拿出来，用炒的鸡瓜一拌就是。"刘姥姥听了，摇头吐舌道："我的佛祖，倒得十来只鸡来配它，怪道这个味儿！"从制法和技术层面看，当本南宋浦江吴氏《中馈录》所记之鹌鹑茄，"拣嫩茄切作细缕，沸汤焯过控干。用盐酱、花椒、莳萝、茴香、甘草、陈皮、杏仁、红豆研细末拌匀，晒干蒸过收之。用时以滚汤泡软，蘸香油炸之"。不过贾府财大气粗，用料方面更讲究一点罢了。但倒得十来只鸡来配它

茄子癖

的茄子,亦与王百谷昔为人所讥的咏《瓶中牡丹》所谓"色借相公袍上紫,香分太极殿中烟"相仿佛——至少在我看来,这已经不是茄子,而是茄鸡了,不说也罢。

# 黄瓜脸

黄瓜最宜凉拌,其制法似乎人人都耳熟能详:或切成薄片,或切成一公分见方的颗粒,用盐微腌后,滤去汁水,拌入麻油、糖醋等调料,装盘后即可食用。喜欢口味重些的食客还可酌情加入辣油蒜泥之类。如食前有时间再冰镇一下,效果自然更好。至于味道如何,古人早已给出了答案,如郑域百字令词称"金缕冷碧,凄香萦齿",李东阳诗称"玉盘秋露水精寒,冰齿余香嚼未残"。而套用菜谱食单一类的话来说,这道菜的特点是脆嫩凉爽、清香可口,兼之所费甚微,称得上是时下蔬食中价廉物美的一个典范。

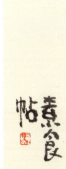

素言无忌

黄瓜以前叫做青瓜,再以前叫做胡瓜,据说也是通西域的张骞带回来的洋货,后因避讳才改称黄瓜。这个说法我是听李时珍讲的,李时珍又说不是他讲的,是唐人陈藏器在注杜宝《大业拾遗记》时讲的,今检书内并无此言,倒是《大业杂记》里有关于隋炀帝"四年九月自漠北还至东都,改吴床为交床、胡瓜为白路黄瓜,改茄子为昆仑紫瓜"之记录,不过作者署杜宝,四库本《说郛》又作南宋刘义庆,也弄不清这中间到底谁说了谎话。杨升庵又说甘瓜甜瓜就是黄瓜的原名;柳宗元又说吴人发音黄王不分,黄瓜亦是王瓜;也真乱得可以。而让人感觉有意思的是:最上品的黄瓜反倒一律是色泽青翠的,一旦其色斑黄,则又老又涩,即上海人骂人语中所谓老黄瓜也。

尽管史家们口径统一,言之凿凿,说黄瓜原名胡瓜,至隋始有黄瓜之名。但没想到此物平时不读书不学习,目无

# 黄瓜脸

法纪，胡作非为，公然越过隋朝，流窜到汉晋时代，尤以北朝后魏为最，整个国家就像是个黄瓜的营销中心，人人喜食，俨然有国瓜之目。《魏书》记秦州汉阳郡有黄瓜县，想必县长也由黄瓜担任；又《北史》卷七天保五年条下："夏四月，蠕蠕寇肆州。丁巳，帝自晋阳讨之。夜宿黄瓜堆"。就是说睡觉时也要吃的。又《资治通鉴》卷一百四十七记宦官郭祚贿赂魏肃宗，当上太子少师，靠的也是一条黄瓜。"时人谓之：桃弓仆射、黄瓜少师！"幸亏这个瓜字为四库馆臣及时发现，断然采取措施，增扁为（瓠），改作"黄少瓠师"，避免了一起重大历史事故的发生。包括该国著名水利学家郦道元，死后虽入奸臣传，生前却也主动想到要为国家的黄瓜事业多作贡献，于是《水经注》卷十七渭水称："藉水又东，黄瓜水注之。其水发源黄瓜西谷，东流径黄瓜县北，又东清溪白水左右夹注。又东北大旱谷水南出旱溪，历涧北流，泉溪委漾，同注黄瓜水。黄瓜水又东北历赤谷，咸归于藿水。"水虽然转一圈又回到原地，河却多出了五六条。注书是极辛苦的事，费心费力之余，案头黄瓜想必一定也没少吃。

史书内的黄瓜横行霸道，略如政治风云翻卷，诗歌里却大抵作为蔬菜，努力返归自然，可见文学较之政治，总让人感觉要亲近一些。苏轼陆游两位文学大腕都喜欢吃黄瓜，每人为它写过好几首诗，一个说：紫李黄瓜村路香，乌纱白葛道衣凉。一个说：黄瓜翠苣最相宜，上市登盘四月时。还有个著名诗人因为是翻译体的缘故，名字有些绕口，叫做爱新觉罗·弘历，其《题沈周写生二十四种》有咏黄瓜诗：菜盘佳品最燕京，二月尝新岂定评。压架缀篱偏有致，田家风景绘真情。下有注引《学圃余疏》云："燕京种黄瓜，火室中逼生花叶，二月初即结小实，中官取以上供。今内府艺圃者四月初始以小黄瓜进鲜，前说殊不足信。"然以周作人

# 黄瓜脸

诗考之:"端午须当吃五黄,枇杷石首得新尝。黄瓜好配黄梅子,更有雄黄烧酒香。亦有自注云:五黄者,枇杷、黄鱼、黄瓜、梅子、雄黄烧酒也。"周作人是名头甚响的大食家,此诗题为《端午》,可见端午前后才是黄瓜上市时节,"前说殊不足信"。

有人说,读古书读多了,容易头脑发昏,产生幻觉。或许正是这个缘故,前几天在市场上买黄瓜,竟然胡思乱想,将它与另一葫芦科植物丝瓜强行扯到了一起。不过从形象看,一长一短,一胖一瘦,倒也相映成趣,仿佛一对摇头晃脑,亦庄亦谐的相声演员。比如说,冯巩与牛群吧!这种联想时常会使一个置身菜场的人恍如置身时代瞬息万变的旋转舞台。但转而又想,置身菜场与置身舞台或许原本就是一回事,不过一个站的位置低一点,一个站的位置高一点,也说不上有什么本质上的区别。这样想了以后,幻觉也消失了,头脑也清醒了，对日常生活，衣食儿女的珍爱之情也日见其深。

黄瓜还有一种罕为人知的美容作用，据称女性用利刃削黄瓜贴脸面，可葆青春永驻。考之诸书，当本《普济方》所谓"猪胰、白芷、桃仁、细辛、辛夷、冬瓜仁、黄瓜、萎仁酒；右煮止沸去滓，膏成以涂，手面光润"。也算是于古有据。我妻子出于经济方面的考虑，背着我也时不时地如法炮制。有一回从外省出差回来，已是薄暮时分。打开房门兴冲冲走进去，百叶窗微弱的光亮里，一张满脸黄瓜薄片以致显得阴森诡异的面孔正对着我。我当时吓了一大跳，暗中不由得责问自己："这是我妻子吗？"等到她将面具除去，春风满面走上前来，我仔细看了，原来还是我妻子，这才放下心来。

# 蚕豆

没有比暮晚微风中的蚕豆花更像蝴蝶的了,这是植物中的奇迹。在春天的水渠桑坨,人家篱边,如果你踏青寻芳,倦游归来,在暮色苍茫里相遇到这种朴素明丽的花朵,你的眼睛会为之一亮,然后立刻会想到这个比喻。何况它的美尚不仅于此,仿佛珠宝藏于璞中,我指的是豆子在壳中安睡时的样子,昔杨诚斋《田园杂兴》诗形容为"翠荚中排浅碧珠,甘欺崖蜜软欺酥。沙瓶新熟西湖水,漆榼分尝晓露腴"者也。一旦剥露出来,已觉琳琅满目,美不胜收,更遑言以南宋浦江吴家秘法烹制和品尝了。从这个意义上说,在妻子的命令下从事剥蚕豆的家务劳动,也就成了相当奢侈、享受的一件事情。

不过这里有个历史遗留问题要说一下,尽管在生存环境和身体结构方面,蚕豆豌豆颇多相似,但一个大一个小,一个粗糙一个光洁,外形上的区别还是十分明显,连幼儿园里的小朋友都能辨别。然而在以博学著称的古人眼里,这两种豆类却时常会搞错,甚至倒过来指称,把蚕豆叫做豌豆,豌豆叫做蚕豆,实在让人不解。以上引宋杨万里诗为例,诗前原有自注:"招陈益之李兼济二主管小酌,益之指蚕豆云:未有赋者。戏作七言,盖豌豆也,吴人谓之蚕豆。"说吴人管蚕豆叫豌豆,意思表达得相当明白。而明人董说写了首《丰草庵蚕豆诗》应和他说:"谁赋田园杂兴题,琅玕记取夏初垂。喜看桑底新悬荚,恰值蚕眠未吐丝。细雨卖茶声过后,竹烟烧笋火停时。沙瓶漆榼分前咏,豌豆今逢第二诗。"后面亦有自注:"按吾乡以吴人蚕豆为豌豆,而以吴

## 蚕豆

人所谓寒豆者谓之蚕豆,至今犹然。"同样以豌豆为蚕豆不说,作者湖州南浔董氏子弟,是有名的江南世族,而诗里吾乡云云,居然不认为南浔是吴地,不把自己算作吴人,跟他老爸写的《吴兴备志》对着干,那就更让人匪夷所思了。

历史的经验值得注意,没人在意也是枉然,只好放下书本再来说市场上的蚕豆。此物在南方历史悠久,与莼菜鲈鱼、笋茭藿藕等相得益彰,具有一种地域文化上的意义。如果你是一位北方游客,初夏之际有幸到江南一游,在亲朋好友家吃饭,桌面上除了名目古怪的各式鱼类外,一碗现买现炒的葱香蚕豆自也是必备,而且烹制方面也相当简单,据我个人经验不外乎以下几种:一是以素油、花椒、葱花同炒,俗名就叫炒青蚕豆。二是剥壳去皮,其瓣上锅蒸透,拌入麻油葱花,即可食用。三是将生豆瓣与咸菜同炒,也别具风味。随园主人当年的做法是选蚕豆之极嫩者,却不去皮,亦以腌芥菜炒之,自称其味妙甚。惜乎今年食期已过其半,只好等到明年春天再来试它一试,以验真伪了。

说到蚕豆当然不能不说到茴香豆,而且是大名鼎鼎的上海城隍庙的茴香豆。这种加香料加上海人的精明与智慧精制的蚕豆由于其风味独特,名扬四海,以至在整个二十世纪内,与外滩、远洋轮船、二十四层楼的国际饭店、淮海路红房子西餐厅什么的一起,在某种程度上成为当时上海文明的主要组成部分。同样,说到茴香豆当然也不能不说到鲁迅笔下的绍兴人孔乙己,这倒也不是因他老兄博学多才,懂得茴香豆的茴字有四种写法,而是他时常光顾的绍兴咸亨酒店在烹制上也有某种人所难及的独到功夫。与前者相较,竟也不遑多让。其双美各擅,双峰并峙之势,大可比作豆类消费界的少林武当。

素食帖

如果你邀一位地方游客寫蠶春三月嘗鲜消茅長乞隙有蠶則江南一游在親朋好友家吃飯桌面上除了名目古怪的各式魚蝦之外恐怕還少不了一碗新摘的嫩蠶豆
丙寅 焦方 畫

另外,江南旧例,每年端午祭祀时也一定要吃蚕豆,不过那是晒干的硬蚕豆,即知堂老人晚年念念不忘的家乡罗汉豆,而且必须加入一种传统中药药材即雄黄同炒才算正宗,不然就像张爱玲所言炒苋菜不放蒜瓣,不值得一炒也。据言此物多食可避蚊虫叮咬。我这人素惧蚊子,故而食之不疲。可惜每年傻乎乎地吃了不少下去,其效果却一点也显示不出来,远不如上社区便利店去买瓶必扑回来喷一下,倒有立竿见影之效果,可见在科学与巫祈之间,到底还是科学要管用一些。

再另外,也是据周先生所言,他小时候在家乡甚至还见到过有以蚕豆作玩具者,具体方法是"取嫩蚕豆一粒,四周穿小孔,以豆蒂插入为四足及尾,再以极小之豆为头,即成一乌龟"。但蚕豆再小,体积也是有限,颇疑为首者当为豌豆,反正古人二者不分,大可取彼代此。另有一法为

蚕豆

"取单节的豆,另选荚两半作翅膀插两旁,用线穿背上挂起来,说是燕子,荚的尖正像鸟嘴,想的很是巧妙"。不过,在物质文明迅猛发展,五岁幼童即习惯趴在电脑前玩游戏软件享受科技成果的今天,读到这样的文字,真有点像是白头宫女花前月下闲坐说玄宗,不免令人恍如置身梦中,顿生不知今夕何年之感。

# 丝瓜

儿子从乡下外婆家回来，小手中有一熟悉花朵，花分五瓣，其色金黄，我一看就知道是丝瓜花。这得力于中学时代在学农分校劳动时获得的农艺经验，那时我们宿舍门前即有一足有半个篮球场大的瓜棚。江南初夏时分，丝瓜从棚顶铺天盖地垂下来，大者长二三尺，小者尺许。有位同学因个子奇瘦奇高，又爱吃丝瓜，一个"丝瓜精"的雅号自然非他莫属。这位仁兄后来发迹，一直混到西南某省人事厅厅长的高位，成为母校的骄傲。这当然凭的是真才实学，而不是靠吃丝瓜吃出来的，如果吃丝瓜能吃出一位厅长局长，那市场上的丝瓜绝非如眼下区区几元一斤就能买到。就算不说贵

丝
瓜

如金玉,至少比外形与它相似的河鳗黄鳝之类起码也是不遑多让吧。

在庞大的蔬菜家族中,我想除了山药,丝瓜的身子可以说是最长的了。它因也是外籍中国菜,故又称为蛮瓜。二月下种,六月上市,江南江北皆有栽种,一般用于炒食与作羹,以其色碧绿,其味嫩爽,其价低廉为人所喜食。但古代的情况可能与现在有些差别,从明人李东阳的《曰川馈无花果答丝瓜之赠叠前韵》诗来看,当年送朋友无花果,对方回赠几条丝瓜,喜出望外,写诗答谢云:"翠笼珍果望还赊,报我真应愧木瓜。采掇恐沾秋径湿,传看不觉夜灯斜。饱知实德非虚语,脱尽浮华是大家。异物清诗两奇绝,渴心何必建溪茶。"诗写得极好不说,称丝瓜为珍果,又用汉乐府典比作琼瑶,又灯下全家传看,欣喜之情溢于言表。估计这玩意在当初因数量稀少而价值不菲,因有此激动。另据李时珍在《本草纲目》

里说，他生平所见过的丝瓜竟有长达四尺的，如果此言不诬，那简直就是一个小学三四年级学生的身高，足够吓人的了。

在写作黄瓜一文时，我其实已经写到了丝瓜，记得在文中我将它们比作一对相声演员，如果黄瓜喻牛群，丝瓜自然就是冯巩了。这倒也算不上是我的个人发明，在民间的谚语俗语里，其实早有不少有关它的生动比喻，如形容某人脸长为"丝瓜脸"，候人不至称"头颈望得丝瓜长"。我多年来在股市混饭，记得当年美国佬扔导弹炸我驻南使馆的第二天，孩子刚好放学后过来玩。这小子得我遗传，倒有点形象思维的天赋，见到电脑分时图上的长长阴线，歪着脑袋问我："爸爸，这像不像黄瓜丝瓜？"受他启发，我调看了以往一些重要历史时期的K线资料，那一根根惨不忍睹的大阴棒，好家伙，简直就像把农贸市场搬到股市里来了。

素言无忌

　　与其他蔬菜一样，丝瓜也有其药物功能。元人鲜于伯机说杭医宋会之当年有治水蛊（鼓胀病）的秘方，即以干丝瓜为主要药材，加巴豆陈米同炒后制丸，服百粒即可立愈。另外注重饮食营养的读者对丝瓜的清热解毒作用，肯定也都有所了解。但它同时又是治性病的良药，知道的人恐怕就不多了。具体方法是将丝瓜连籽捣汁，加入五味子（一种干燥虫瘿）末一起搅匀，频频擦涂。这是明代民间医学的伟大发明，也是当时的风流人物如唐伯虎先生，王百谷先生等的福音。要知道在十七世纪的中国，没有抗生素，淋必治，更遑论激光电疗。如果不是李时珍将它细心记在书里，一旦谁不小心得了寡人之疾，那可不是闹着玩的。

　　丝瓜的生命期大约为六个月左右，经霜后枯死的老丝瓜大如舂米棒，内中筋络缠绕如精心织就一般，柔韧得宜。陆游《老学庵笔记》记有涤砚法，称想要砚台保持不

丝瓜

坏,每次使用后非得靠它来清洗保养不可。具体方法是"用蜀中贡鱼纸,先去墨,徐以丝瓜磨洗,余渍皆尽,而不损砚"。但那是文人的雅事,不是一般人玩得了的。民间只管它叫丝瓜巾,视为涮锅子洗澡的利器。一九六六年我大破四旧烧书时手臂不小心燎伤,在一个很大的旧木澡盆里,母亲疼爱地为我洗浴,涂满肥皂的丝瓜巾徐疾有致地擦抚我的背脊。我在写作这篇文章时,身上尚有这种温馨的感觉。

# 香蕈

蕈为菌类中之一员，香蕈又为蕈类中之一员。其种类据写《蕈赋》的明人舒顷讲就有松花蕈、蛤蕈、肉蕈、香蕈等好多种，此外还有许多名不见经传，可能不为他的法眼所寓目的别本，如《王氏农书》所云"匀布坎内，以蒿叶及土覆之，时用泔浇灌，越数时则以槌棒击树"的惊蕈，徐霞客《滇游日记》称在云南看到的"形不圆而薄，脆而不坚。白若凝脂，视之有肥腻之色，而一种香气甚异"的白生香蕈，《荆溪疏》所记"小如钱，赤如丹砂，生以二月山中，所在有之，不独竹下，风味极佳，当为伊蒲第一"的竹茹蕈。至于菌类的队伍有多大，只要在此基础上再加以

香蕈

合理的想象，就足够惊人的了。而南方人又喜欢把菌叫做蘑菇，蕈叫做香菇。其中蘑菇又多鲜买鲜吃，香菇大多晒干贮藏，食时用水浸泡而食。加上又有芝类，其形与蕈相似而稍大，分辨不易，这样问题就更复杂了。而且越没名气的，风味可能就更佳，就像金庸笔下的天下掌门人大会，最后取胜的往往不是成名人物，而是那些摇船的，行乞的，开烧饼店的，或一张黄脸皮如久病不愈的，或满身俗气如乡下土财主的。因此我想，如果不是为了写论文申请国家基金，就别管那么多，只管买来吃就行了。即使兜里没钱买不起，可以学一学小说家汪曾祺先生，用笔在纸上画几朵解解馋也行。

但菌类的天下掌门人大会参加者实在太多，场面太踊跃，就是吃的话，一天吃一种，恐怕也要几个月时间，因此只能拣自己熟悉的香蕈来说两句。实际上这也是生活中最常见的那种，古人形容为圆头而细脚者，别名丁蕈。至于有人

素言无忌

别出心裁将它比作行脚僧,这得益于写《草木子》的元人叶子奇的发明:"松阳县诗人程渠南,滑稽之士也,与僧信道元同斋食蕈,道元请渠南赋蕈章诗,应声作四句云:头子光光脚似丁,只宜豆腐与波棱。释迦见了呵呵笑,煮杀许多行脚僧。闻者绝倒。"不过故事虽讲得有趣,诗也精彩,烹调技术好像不怎么样,尤其与菠菜同煮一法,更不可取。因此物尽管性子随和,荤素皆宜,但妙处全在于滑腻爽口,无论干煸煮汤,总以独行为妙。像《随园食单》里那样垫在燕窝下面作陪衬,或《清稗类钞》所记京师大户人家用作与虾球同蒸的架势,均有焚琴煮鹤之嫌。我的个人经验是取初秋新上市小如铜钱者,去脚留首,素油煎煸,以表皮微皱为度,起锅时撒点葱花,就可食用。至于味道怎么样,自有宋人杨诚斋《蕈子》诗为证,叫做"色如鹅掌味如蜜,滑似莼丝无点涩。香留齿牙麝莫及,菘羔楮鸡避席揖"。

素言无忌

说到诗,也许正因此物形体的别致,嫋嫋袅袅,如同佳人当面,弱不禁风,这就给诗人们想象力注入了兴奋剂。锦篇佳什层出不穷。如宋僧北磵的"香风薰陶紫芝秀,陆地挺特荷钱圆",这是赞美其形色的;南宋汪藻的"下箸极隽永,加餐亦平温",这是形容味觉的;明人杨慎的"海上天风吹玉芝,樵童睡熟不曾知。仙人住近华阳洞,分得琼英一两枝",这是写整体感觉,表示物质文明精神文明双丰收的。连苏东坡这样的高人,当年也不由自主加入这混乱的合唱,其诗有云:"遣化何时取众香,法筵斋钵久凄凉。寒蔬病甲谁能采,落叶空畦半已荒。老楮忽生黄耳菌,故人兼致白芽姜。萧然放箸东南去,又入春山笋蕨乡。"诗题《与参寥师行园中得黄耳蕈》,当作于熙宁五年任杭州通判期间。与之同采共享的这位参寥子是东南名僧,云门宗大师。但幸亏生在北宋,因那时叶子奇的诗还没来得及写出来,尽可大快曲颐。不然看了这首诗,吃的

# 香蕈

时候想必也会有所忌讳,怎么说呢,行脚僧吃行脚僧,这就有点类似同门相残了。

自从我国最早的美食家庄子先生科学地总结出"朝菌不知晦朔"的食蕈经验后,全国人民都知道吃香菇一定要趁着新鲜吃,搁上一阵子就不好吃了。只有当年住在苏州马医科巷大名士俞曲园家隔壁的那位潘老太太平时不看报纸不学习,糊里糊涂买来了隔夜的香蕈,一吃下去就出事了,满地打滚那还不算什么,最奇怪的是发疯似的狂笑不停,一连闹了好几天。最后全亏俞名士肚子里书多,懂些治病的门道,配了帖以薜荔煎汤的草药让她吃下去,这病才算慢慢好了。

但文人虽然读书多,锦口绣心,笔下了得,要把火候掌握到恰到好处却也是难事,否则当年也不会有那么多右派了。因为他们与生俱来的秉性中除了文学天赋外,还有一条就是好为大言,尤其吃得开心之际,嘴巴更管不牢。这里要点名批评两位古人,一位是唐人,《酉阳杂俎》作者段成式;一位是宋人,《墨客挥犀》作者彭乘。前者称:"枯根上生一菌大如斗,下布五足,顶黄白,两晕绿,垂裙如鹅鞴,高尺余。"后者称:"其形如瑞芝,洁白可爱,夜则有光,可以鉴物。"如此惊世骇俗的描述,就不大像是笔记或科普文章,而有写商业性小说的嫌疑了。可惜彼时网络技术尚未发明,不然的话,可以上起点网或纵横中文网开专栏,靠点击率与网站老板分成,所赚的钱就足以养活自己和家人,不用再为五斗米折腰,拜迎长官心欲碎,鞭挞黎庶令人悲。岂不妙哉。

# 南方人说土豆

南方人对土豆似乎不大感兴趣，因为有芋艿——一种总体上与它多少有些相似的蔬类。写《农政全书》的徐光启喜欢管前者叫土芋，后者叫香芋，又使用软性广告法推介说："土芋圆如鸡卵，肉白皮黄。香芋形如土豆，味甘美。"略略数语，高下立判，既然作者有此主观上的倾向性，读者难免要受到影响，因此它在吴地家庭主妇菜篮里所占的位置很小。加上此物虽营养丰富，但不易消化，食后往往淤积于心，仿佛古代文人多次描述过的"块垒"的样子。即使以酒浇之，也大多消之不去，不免让人对它敬而远之。

土豆作为一种常见的蔬食，我当初认识它却是在伟大领袖毛主席的一首著名诗篇里。那时土豆烧牛肉作为无产阶级美好明天的具象物，在全世界名闻遐迩。因为共产主义说到底毕竟是一个抽象的概念，必须借助土豆牛肉这样的具体描述，才能激发起人们奋斗的热情。诗人当初是否因此而写出"土豆烧熟了，再加牛肉"这一名句不得而知，但他老人家烹调上的顺序显然是搞错了。有关这道菜的正确做法恰恰应该是与此相反：牛肉烧熟了，再加土豆。当然，作为当代中国最渊博的政治人物之一，我相信他这样写也许只是为了押韵，也许另有深意在焉，而非真的不谙厨艺。

另一位大人物的作品刚巧也与土豆有关，不过是外国的，且不搞政治搞艺术。很多年前，大约上世纪八十年代中期吧，在后来因写《中国可以说不》一书而风头正健的张小波华师大肮脏的宿舍里，我酒喝多了倒在床上，随手拿过

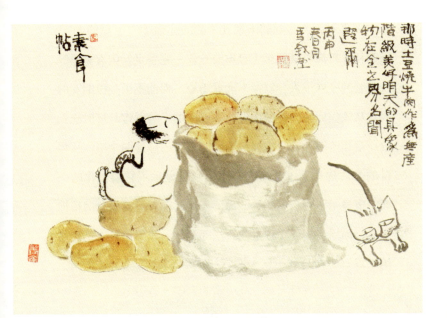

素食帖

那時土豆燒牛肉作為無產階級美好明天的具象物在坊間流傳

丙申春日写马叙堂

素言无忌

一本书来看，偶然翻到画家凡·高的那幅《吃土豆的人》，画面朴素得简直就像是土豆本身，仅一张餐桌，围着桌子等待进餐的一家子人，以及一大盆土豆。而前不久一位朋友的朋友从法国回来，曾随便说起在巴黎的上等餐馆赴宴时吃到过一盘炸土豆片，价格如何贵得吓人云云。这两个事例从相反的方向加深了土豆给我的印象，既显示了它通俗化的一面，也显示了它贵族化的一面。当然，前者具有深刻的精神含义，而后者即使卖到了两百法郎一盘，我想也只能是普通的土豆。

同时值得指出的是，凡·高画面所显示的也正是土豆的经典吃法，即用清水煮熟，去皮后蘸盐而食，既香又糯，有一种纯朴的乡野风味。另外像陆游当年"地炉枯叶夜煨芋"那样的吃法，在想象中应该也很不错。最不喜欢的就是将土豆弄成种种古怪形状，什么丝呀块呀片呀，再加上层

南方人说土豆

出不穷的各式新派佐料,那情景就像一个清纯的女孩非要将脸蛋去交给各种化妆品。因此,在家庭生活中,每当儿子命令我陪他上肯德基去吃炸薯条,我总是胆战心惊。条已不堪,何况炸乎?于是,站在四周贴满一个洋老头标准像的金碧辉煌的大堂里,如临深渊,如履薄冰。只是不想让自己偏激的美学思想从小就影响孩子,我这才一次次坚持了过来。

土豆在刀釜间挣扎,那是怎样悲壮而不堪的情景啊!

红豆生南国,黑豆生北国,土豆却是一种生命力很旺盛的植物,南北皆宜。学名唤作马铃薯。由于它血液的源头一直可以追溯到公元一世纪的南美洲,因此它又被称作"洋芋"。至于七十年代后期走红中国舞台的交城民歌所唱的山药蛋,与它是否系同一种东西,我至今也没能搞清楚。依稀记得开头两句为"交城的大山里没有那好茶饭,只有那个莜面栲栳栳还有那山药蛋",尽显此物在生活中的重要性以及对餐桌绝对的统治地位,言词朴素,曲调凄怨,令人动情。不过现在歌词既然已经多次修改,没有的"没"字早已拿掉了,只有的"只"字也改成"更"了,"华政委"三个字曾经加进去现在又拿掉了,我也就懒得再去惦记它。

# 藕的结构主义

又听得街头传来叫卖熟藕的动人吆喝了,在暮雨潇潇的江南初夏。熟悉的小煤饼炉,熟悉的黑乎乎的大铁锅,熟悉的散发浓郁糯香的腾腾热气。这种朴素图景在内心唤醒的温馨情愫,像藕丝一样反反复复纠缠。哪怕你是北方人甚至外域人士,只要在江南生活过或工作过,就无法完全做到无动于衷。记得元人耶律楚材有《十七日驿中作穷春盘》诗,题下有自注:是日早行,始忆昨日立春。诗云:"昨朝春日偶然忘,试作春盘我一尝。木案切开银线乱,砂瓶煮熟藕丝长。匀和豌豆揉葱白,细剪蒌蒿点韭黄。也与何曾同一饱,区区何必待膏粱。"其中"木案切开银线乱,砂瓶煮熟藕丝长"这两句,应该就是写熟藕的。

　　说实在的,藕在蔬果中本来算不得是什么好东西,生食嫌涩,又微微有渣,而熟炒后色泽又颇不雅。即以江浙一带的传统吃法即糯米糖藕而论,可取者也仅构思奇巧,形式新颖而已。哪怕使出锡山倪高士元镇家的秘技来,"用绝好真米,入蜜及麝少许,灌藕内,从大头灌入。用油纸包扎煮藕熟,切片热啖之",也不过多了点麝香味而已,至于味道到底怎么样,因没试过,还真很难说。比如在此之前刘后村就公开表示不赞同这种吃法,还作诗讽嘲:"昔过临平邵伯时,小舟就买藕尤奇。如拈玉麈凉双手,似泻金茎咽上池。好事染红无意思,痴人蒸熟减风姿。炎州地狭陂塘少,渴杀相如欠药医。"然而事实上依然有那么多人喜欢,这里头恐怕还是一种文化上的怀旧心理在作祟。因此,套用眼下饮食界的流行术语,在某种意义上将吃藕等同于吃文化,想来并不为过。

藕的另外一种吃法是吃乡情。所谓民以食为天,又所谓一方水土养一方人,因此在我看来像菱角、藕片、酸梅汤、冰糖葫芦这类打满童年印戳的东西,特别容易引起科技社会现代人的桑梓之情。"同朋友喝酒,嚼着薄片的雪藕,忽然怀念起家乡来了",这是叶圣陶先生作于二十年代的散文名篇《藕与莼菜》里开章明义的一段话。对此金庸笔下也有类似的描写,在我们熟悉的《书剑恩仇录》一书中,天地会总舵主陈家洛置帮会大事于不顾,于八月中秋夜赶回家乡海宁,除了为父母祭扫,还有那就是为了喝上一碗香喷喷的莲心糖藕粥,重温少年时代的赏心乐事。

由藕粥又想到藕粉,这曾是杭州市的文化品牌之一,但依《遵生八笺》所记制法来看:"取麤藕不限多少,洗净截断，浸三日夜，每日换水，看灼然洁净漉出，捣如泥浆，以布绞净汁，又将藕渣捣细，又绞汁以清水少和搅之，然后澄去清水，下即好粉。"明显是个复杂的技术活。现代人久荒此术，又无前人的敬业精神，也就只能马马虎虎凑合了。郁达夫民国三十三年初夏在西湖吃的那碗为什么会"看起来似鼻涕，吃起来似泥沙"？就是这个道理。包括灵隐寺的和尚当年请在杭州度假的巴老吃的那一碗，估计也有同样问题，只是九十多岁的老人，味觉和消化系统难免已经钝化，当场没有感觉出来而已。

而我对藕的欣赏态度一向大于对它的食欲。总的来说，我喜欢它另类、朴实的生存方式，在污泥中讨生活，沉默、随俗、心眼机灵，整个一个战斗在敌人心脏里的地下党员的光辉形象。当然，这里说的还只是它水下的部分，如果将它根茎以上的那一部分——包括阔大、舒卷的枝叶，亭亭玉立

藕
的
结
构
主
义

的荷花，饱满的莲子——作为一个整体来观察，又会发现在结构上跟一个国家的政治结构又是何其相似乃尔！在这一比喻中，莲花莲子分别代表上层建筑与物质文明，荷叶象征广袤的国土，而下面的藕则有些像是一届埋头苦干、生机勃勃的政府。

藕的政治形象务实、正派，而它在爱情中的形象恐怕就没有这么幸运了。自从鸳鸯蝴蝶派作家形容女子大腿为"藕股"，多年以来藕在文人笔下可谓倒足了大霉。比如广州一带干脆称风月女子向男人卖弄风情为"抛生藕"。而在台湾诗人洛夫眼里，甚至连风中翻卷的荷叶也像"一群女子骤然同时撩起了裙裾"。至于岭南的才子喜欢将藕比作粉臂，江南的才子喜欢将藕比作玉腿，那倒不是因为后者较之前者趣味特别的形而下，而是苏杭一带产的花香藕比广东的泮塘藕更大更肥，从而视觉印象也更丰腴性感而已。当然比

藕的结构主义

喻总是比喻,莲藕还是莲藕。这些死抱着秀色可餐古训不放的无聊文人灯前酒后的瞎三话四,不理它也就是了。

　　自从当年屈原以荷衣蕙带为时装,魏陈王曹植作《芙蓉赋》,南宋人周敦颐写《爱莲说》,普普通通池塘里的一朵荷花,顿时身价百倍,不仅引得无数诗人作家争诼,在某种程度还成了传统意义上中国古代君子人格的完美化身。不过荷花的"结修根于重壤,泛清流以擢茎"也好,"出淤泥而不染,濯清涟而不妖"也好,说句公道话,它外表的风光,是以藕一年到头生活在污泥里作为代价的,这一点我想我们不能不搞清楚。对于那些只看表面不看本质的人,记得明人宋诩《竹屿山房杂部》里有个药方,建议他们有空时不妨尝试一下,其制法为:"嫩藕捣碎,姜醋拌匀,供可以醒酒。"至于其他的方方面面,限于篇幅,就此打住——尽管藕断丝连,也只好一笔勾销。

# 韭菜纪事

韭菜之宜于春前,恰如青菜之宜于霜后。"韭菜要吃得早,螃蟹要吃得老",这是小时候浙江省长兴县和平人民公社食堂的女炊事员周妈妈教导我的。那时小学刚毕业的我寄居在那儿的一个亲戚家中,住居后面就是颇具规模的一个菜园,胡乱种了一些西红柿、丝瓜、菠菜、蚕豆之类,其中就有一大块种了韭菜。柳芽吐翠河豚欲上之际,春韭也长出了可爱的嫩芽,一茬一茬的,仿佛前些年时兴的剪得整整齐齐的女孩们的运动式发型,那样子委实让人光看了就有些情不自禁,何况食乎?

韭菜纪事

春韭之为妙物，这在精于馔饪的古人眼里早就有着详尽的描写。《南史》记周颙与皇帝的儿子讨论佳食："文惠太子问颙，菜食何味最胜？颙曰：'春初早韭，秋末晚菘。'"元人萧惟斗"雨余春韭脆无滓"七字，体物细微，亦令人致远。而其中最有名的，当然要数杜甫的《赠卫八处士》里的那两句，当彼此相别多年的故人华发覆顶，意外来访，作为主人的老卫精心制作的晚宴中的主菜即为此物。"夜雨剪春韭，新炊间黄粱"，"明朝关山隔，世事两茫茫"。多么朴素感人的生活画面！在我的理解中，这带雨轻剪，和盘托出的肥嫩春韭，可比之于英雄之剑，美人之情，叫人顿生怎生消受之感。

春韭又与大蒜相像，而且彼此风味各擅，难分高下，这也是多少有些奇怪的事情，如果要打个比方的话，像极了古代有名的两部奇书《山海经》和《水经注》，文笔奇秀旗鼓相当，妙想遐思亦并驾齐驱。比如山经号称"又东南五十里曰视山，其上多韭。有井焉，名曰天井，夏有水，冬竭。其上多桑，多美垩金玉"；水经也会毫不示弱来一段"县东十许里至平乐村，又有石穴，出清泉。空窍东西广二丈许，高起如屋。中有石床，甚整顿，傍生野韭。人往乞者，神许"。而在家常菜谱里，两者之间的区别就比较明显了，大蒜更多地与肉类结缘，韭菜则常被用于与鸡蛋同炒，这是穷人家待客的一道既经济又实惠的佳肴。甚至在电影里头也时可看到这样的镜头，通常的画面是两老汉盘腿坐于炕头，其中一个谈得兴头之时，豪情顿起，大声吩咐老伴："去后园割些韭菜，摊两鸡蛋，再去村头刘二瘤子店里赊上一斤酒，今儿个我与你李家老哥好好喝上一杯。"灶间那头爽利地应了一声，只听叮叮咚咚，呛呛啷啷一阵杂响，不多时，一盘香气四溢、黄绿相映的韭菜摊鸡蛋就端了上来。但这里有一个技术上的问题必须指出：北方人的做法是韭菜归韭菜

鸡蛋归鸡蛋，非但分开下锅，而且还要加少许汤水。南方人却是将韭菜切碎直接打在鸡蛋里与之同炒的。虽说是各具风采，但依色香味的传统审美标准而论，南方的做法似乎要略胜一筹。

韭菜与麦苗也有些相像，但这仅是我个人的植物观，并不强求他人认同，因为它与内心的一段隐痛有关。在少年时代的记忆中，一个插队务农的外省大学生，当初就为分辨不清韭菜与小麦，从而在几千人的公社大会上遭到羞辱。当天夜里，巡夜的民兵在村后的一片韭菜地里发现了他的尸体，手里紧紧握着一只喝干的装农药的瓶子。

韭菜也与植物中的麦冬相像，《浙江通志》称为麦兰，并引《兰谱》云："产山谷中，香清可爱，植则以细沙培之，沃以清水即活。不畏霜冻，亦花中松柏姿也。"亦有乌韭之名,见明人《通雅》所引汉刘向《别录》。胡适名诗"我从山中来,带着兰花草",后来谱成歌曲,风靡一时,从台湾校园唱到大陆校园,当即为此物。记得一位朋友曾于酒后开玩笑,让我在二者之间进行其难度不亚于熊掌与鱼的取舍,而我当时毫不犹豫就选择了前者。说不上什么特别的原因,就是因为韭菜能吃,而麦冬不能吃。能吃的东西自然胜于能看的东西,这就是贫者的美学观点。至于正确与否,当然那就属于另外一个话题了。

# 馒头趣话

暑中燠热难当,又无苏东坡"此心安处即吾乡"那样的定性。读书间歇,突然想到要做馒头,兴冲冲去买了面粉来,是那种掺了发酵物的,用咸菜香干做馅,味道自觉倒也不坏。周作人说加馅的馒头在北方一概称作包子,但《水浒传》里孙二娘的店铺开在孟州城外,宋时地属河南,所卖馒头虽对外号称"积祖是黄牛的",其实以人肉为馅,这也不去管他。有馅而曰馒头,知堂先生此言可见也不尽然。包括他说武松的哥哥沿街挑卖的炊饼,即为现在的刀切馒头,也是一家之见,不一定就正确。我想他所持的理由,大约是见此物一是须上笼蒸,二是书中也没见作者写到用馅而已。

## 馒头趣话

馒头虽为普通食物，发明却与一位大大有名的人物有关，相传为汉末的诸葛亮。其中又有二说，一说为祭神之用，一说七擒孟获后安顿叛民所需。我个人是比较倾向于相信后者的，中国历史上每一次老百姓造反都是因为没饭吃，身为政治家的孔明先生显然深谙其中之道。由此说来，几枚小小馒头，其威力倒也足以抵得过关公的青龙偃月刀和燕人翼德的丈八长矛。后因蒸制方便和宜于携带，很快成了北地人民饭桌上的主食。而技术上进一步完善和精致当发生在北宋年间，宋人笔记载仁宗生日赐给群臣的礼物就是包子，如果有谁认为这皇帝老儿过于吝啬，那他可大大的错了。《鹤林玉露》里的一则故事可以帮助我们了解这种包子的精致程度。"有士夫于京师买一妾，自言是蔡太师包子厨中人。命作包子。辞以不能。诘之曰：既是包子厨中人，何为不能作包子？对曰：妾乃包子厨中缕葱丝者也"。发展到明清，既有《古今谭概》所载正德宫中太监"作馒头大于斗，蒸熟而当席破之,中有二百许小馒头,各有馅而皆熟"的母子馒头,又有《随园食单》里的杨参戎家制馒头"其白如雪,揭之若有千层"。不过袁子才的饮馔经验多半来自道听途说,每恨其语焉不详。比如"揭之若有千层"这个揭字,是指掀蒸笼的动作?还是杨家馒头须一层层掰下来吃?让人实在费煞猜详,恨不能起诗人于地下问之。据我个人经验揣测,恐是今天的花卷一类。

诸葛亮所手制馒头的正宗版本是好看的半圆形,这就为后代诗人的想象力提供了用武之地。其中的一个主要联想就是坟墓。如果说范石湖"纵有千年铁门槛,终须一个土馒头"还只是在宿命论观点上对人生的悲观认识,那么《雪涛小书》所谓"城外多少土馒头,城里尽是馒头馅"则犹如暮鼓晨钟,让人闻之而悚然起惊,尤其是对终日于名场官场上蝇营蚁钻者,更不啻当头棒喝。尽管此意象并非作者所首创,而是从

素食帖

有餡而白饅頭,知堂先生些言若見他不 盡然,不过他说武松吃的炊饼即有現在卖的 炊饼那么大,是饅头有、有餡的一只,像上画一只 一只書中也没見他用餡。

丙申 馬敘画

唐僧梵志"城外土馒头，城中馒头馅。一人吃一个，莫嫌没滋味"中化出。我这么一引一证，无意中倒为十字坡孙家的名牌产品找到了家学渊源。不过令我疑惑的是：菜园子母夜叉辈又不读书，何以能将梵志和尚的佛家慈悲心怀成功地开发为市场产品？所谓异曲同工，不知指的是否就是这种现象。

馒头中最好吃者为汤包，最好听者恐怕要数《枫窗小牍》里提及的王楼梅花包子。梁实秋先生生前曾有则笑话写到汤包，也颇为令人解颐。"两个不相识的据一张桌子吃包子，其中一位汤汁飚到对面客人脸上，那一位不动声色。堂倌在一旁看不下去，赶紧拧个热毛巾送过去，客徐曰：不忙，他还有两个包子没吃完哩"。真正的艺术家总是于平凡中显露大气与王者气象，美食自然也不例外。我所在的小城每隔两年都要搞一届全国的极限运动会，我想，如果要搞吃包子的极限运动，对面那一位准能获奖。

# 空心菜有心人

"且说比干走马如飞,只听得路旁有一妇人提篮筐,叫卖无心菜,比干忽听得,勒马问曰:怎么是无心菜?妇人曰:民妇卖的是无心菜。比干曰:人若是无心,如何?妇人曰:人若无心,必死。比干大叫一声,跌下马来"。——而据作者明人许仲琳称,卖菜妇人当时若回答人无心可活的话,刚被纣王剖心作爱妃妲己心痛症特效药的丞相比干就不会死,这是载于神话小说《封神演义》中的一段奇异故事。

无心菜就是南方市场上常见的空心菜,而我有关这种蔬菜最初的知识就得之于这部小说。事实上即使到目前为止，我还是没能将它的身世面目什么的完全搞清楚。从形状上看，这是一种大小茎叶均与菠菜相似的水生植物，由于它的根茎中间是虚空的，故民间俗称一般就叫做空心菜。食用最佳季节是暮春初夏。上市时间很长，江浙水乡一带即使到了国庆节前后也能吃到，不过风味稍减——因其老焉，宁有他乎？价格也颇低廉，一般徘徊在每公斤两元左右，至少今年还是这样。

烹制空心菜的妙法无过于用新鲜蒜瓣煎炒。具体的方法是旺火，素油，油锅青烟直冒后将剁碎的蒜瓣放入，略沸片刻，再放入空心菜半公斤，加少许精盐翻炒，起锅前再加少许味精即可。这种描述实在说不上有什么特色，恐怕人人都会。所谓的关键，我个人的经验是：一是油须多放，二是菜下锅前要尽可能沥去水分。

素食帖

烹制忠心菜 我个人
的经验是一是油须多
放 二是菜下锅前务
必尽可能滤去水份
丙申一夏 多钢画

广东人一向以食为天,因此广东人吃空心菜往往也有些独到的心得。叶灵凤先生所著《花木虫鱼丛谈》中列有一味,就是用虾酱炒的,可谓别出心裁。再加上"红镬急火""虾酱要兜得匀,吃起来有虾酱味而不见成糊的虾酱"等具体描述,想来味道一定不俗。我个人曾几次打算依样画葫芦,小试身手一番,惜虾酱不易买到,如改用寻常甜酱,又恐画虎不成反类犬,只好怏怏作罢。

空心菜的最初名目我们已经知道它叫无心菜,到了南北朝时期,不知鉴于什么原因,它突然改名蕹菜。李贺诗所谓"钿镜飞孤鹊,江图画水荥"者也。宋初继续换新马甲,叫做蕹。理由是"瓮菜本生东夷,人用瓮载其种归,故以为名"。此说出陈正敏《遁斋闲览》(说郛本作者作范正敏),也不知可信度有多少。至于清初广东一带管它叫"仙人绿玉蔬",则得名于当时著名诗人屈大均的一首诗,诗云:"上有浮田下有鱼,浮田片片似空虚。撑舟直上浮田去,为采仙人绿玉蔬。"空心菜在水里围而植之,故民间称为浮田。诗中既有情景的描绘,又有具体种植方法的交代,可见这位屈诗人虽时任两广反清复明的领袖,对日常生活却仍然一往情深,操心国事之余,想必也是时常炒来吃的。

说到空心菜的趣闻,除了参与间接杀人——商朝丞相比干——外,竟然还与战争发生过某种关系。《北史》里曾载当时大将慕容俨为阻敌军,"于上流鹦鹉洲造荻洑,竟数里,以塞船路"。这功效想来抵得上一支海军部队。包括当代有号张将军者发明之海带战法,想必当亦师法于此,作者可谓弘扬国粹之有心人也。因为这个缘故,有时炒一大盘空心菜下饭,吃着吃着会突然停箸出神,想到刚才干掉的或许就是一艘驱逐舰;至少也是几个陆战小分队什么的,不禁自己也觉得好笑起来。

# 李和炒栗

仲秋佳日天南海北纷纷杀向杭州的外地游客中，似乎很少有不到满觉陇赏桂品栗赶热闹的。该处的桂花栗子与河北良乡所产一向风味各擅，大有倚天屠龙争雄天下之势。上世纪20年代后期有人时常在秋天看见徐志摩坐在翁家山下的路边小店。后来记得他自己好像也对梁实秋说过，每值秋后必去杭州访桂，吃一碗香喷喷的糖炒栗子，并自引为人生一大快事。钱钟书的老师陈石遗晚年卜居吴中时齿力已衰，尚雇名厨研制出栗泥一味用于自食兼飨客。沪上掌故名家郑逸梅年轻时听说曾有幸一尝，归后极称其味"松甘芳美，无与伦比"。

## 李和炒栗

杭州及周边一带的栗子能有如此享名,我怀疑与北宋末年汴京天下知名的李和炒栗有着某种技术上的继承关系。《老学庵笔记》里曾有"故都李和炒栗名闻四方,他人百计效之,终不可及"的记载。《东京梦华录》也说"鸡头(栗子别称)上市,则梁门里李和家最盛,士庶买之,一裹十文,以小新荷叶包,糁以麝香,红小索儿系之"。其制法为"市肆门外置菜锅,一人向火,一人坐高凳子上,操长柄铁勺频搅之令匀遍。其栗稍大,和以糯糖,藉以粗砂,亦如幼时所见,而甘美过之。"靖康国难后二帝仓皇北上,故都沦陷,李和一家或随或留,其伙计族人辈却很有可能流寓到临安一带,另开新店。陆游《夜食炒栗有感》诗"齿根浮动叹吾衰,山栗炮燔疗夜饥。唤起少年京辇梦,和宁门外早朝来"自注:"漏舍待朝,朝士往往食此。"所食当即出新肆者。绍兴年间陈长卿钱恺之出使金国,"至燕山,忽有人持炒栗十裹来献,自白曰:汴京李和儿也,挥涕而去"。则其子在金国不久亦重操旧业矣。一枚小小栗子无意中竟成为历史文化的某种见证,这样的文字读来难免令人伤情。不知陈钱二位大使于黯然销魂之际尝到的,可有家国沦亡河山蒙羞之滋味?

或许正因这一故事浓重的象征色彩。当初似乎还有人以此题材作画,不知是否出于马远李唐辈手笔,姑置勿论,至少我在乾隆的诗集里已找到某种证据,其《题艺苑藏真集古册》十首之二《宣和栗蓬秋绽》有云:"满院秋风金气披,亚蓬栗子熟垂垂。设云隐寓危惧意,吾谓宣和未此思。"疑所咏即其事也。而《辽史·萧韩家奴传》记彼国君臣闲话云,"尝从容问曰,卿居外,有异闻乎?韩家奴对曰,臣惟知炒栗小者熟,则大者必生;大者熟,则小者必焦;使大小均熟,始为尽美,不知其他。"亦颇多弦外之音,不免有异曲同工之妙。

煮食帖

杭州及周边遗一带的西南子
有时叫毛豆子 我记忆尤其
以李年间朱京天下知名
的为和州栗子为首甘草
种植技术上的继承关系
丙申夏 甘家莊

当然,栗子就是栗子,历史只是历史。加糖炒也罢,加政治炒也罢,目的都为了使味道更好。如同绝世美人须诗书熏染丽服衬饰,绝世佳食也得有精神性的东西滋养才更能凸显其价值。但世传咏栗名句如庾信"秋林栗更肥",杜甫"山家蒸栗暖"等固然状物精妙,总觉正襟危坐,缺少生动之气,似不如昔时咏苏州观前街大成坊口金凤炒栗的那两句打油来得更见情致:"金凤不知何处去,栗香依旧满秋风"——人鹤情思中略带一点商业噱头——不由人不作闻香心动之想。此诗向由老辈食客口头传播,故知者甚少。至于李李村《汴京竹枝词》咏李和炒栗的那首力作"明珠的的价难酬,昨夜南风黄嘴浮。似向胸前解罗被,碧荷叶裹嫩鸡头",佳则佳矣,但在媒体上丰乳广告狂轰滥炸,大街小巷胸器横行的今天,鸡头云云,恐容易引起女权主义者的愤怒与不满,因而此事看来还当以淡化处理,不事声张为妙。

# 油条麻花

邓云乡在《水流云在琐话》里讲到油条,说电视上看到美国洛杉矶大街上有人在卖油条,他老先生自己有一年在新加坡也曾有幸吃到以此作主食的早餐。因而像古人感慨"饮井水处皆咏柳永词"那样,发出"有乡人处皆有大饼油条"的浩叹。不过他引周作人"买得一条油炸鬼,惜无白粥下微盐"说油条即古之油炸鬼,这话在今天看来固然没问题,但放在古人眼里,则是大错而特错了。事实上对两者之间称呼的混乱,知堂老人自己好像就从来没有搞清楚过。当年他从《在园杂志》见到作者刘廷玑回京途中在王家营吃油炸鬼,不免好胜心大起,写文章说这玩意绍兴满大街都是。但从接下来被施康强先生誉为"江南风俗画"的那段经典描写来看，却未免有些张冠李戴了。无论从"两只高凳架木板，于上和面搓条，傍一炉可烙烧饼"的架势，还是"徒弟用长竹筷翻弄，择其黄熟者夹置铁丝笼中，有客来买便用竹丝穿了打结送给他"的绘形绘色，都应该是油条无疑。

而刘在园说的油炸鬼，却是麻花，他说："予由浙东观察副使奉命引见，渡黄河，至王家营，见草棚下挂油煠鬼数枚。制以盐水合面，扭作两肢如粗绳，长五六寸，于热油中煠成黄色，味颇佳，俗名油煠鬼。予即于马上取一枚啖之，路人及同行者无不匿笑，意以如此鞍马仪从，而乃自取自啖此物耶？殊不知予离京城赴浙省，今十七年矣。一见河北风味，不觉狂喜，不能自持。"细审全文，意思就清楚了。一是原文为油煠，而非油炸。二是长度仅五六寸，较油条要短

素食帖

麻花與油條
丙申夏月
馬𥆧畫

去一半,且云"两股相扭如绳状",食品中有此一副尊容者,当非麻花莫属。这玩意南方人俗呼油头绳,大小超市均有出售,不过从前的人做事情认真,工艺方面比现在要繁复一些,中间诚然同样绞紧,首尾却需略略捏作人形,大约在古人眼里看来,鬼和人虽有阴阳之隔,形体却无甚区别,鬼不过是死去的人,人不过是活着的鬼。而今天我们吃的油条首尾人形不具,身子又长,不过一挺尸耳,呼之油炸僵尸尚可,又安能坐享油炸鬼之大名?

问题虽然基本弄清楚了,但对研究民俗的人来说恐怕不是什么好事,因这会带有一个更大的问题,即如果我们承认刘先生在回乡途中骑在马上吃的油炸鬼是麻花,等于承认自己多年来心安理得称油条为油炸鬼,实际上不过是以枳为橘,张冠李戴而已。或者说,此名最初为麻花专有,后来以制法方面有相近之处,其名遂为油条所借用。再后来以油条

油条麻花

是主食,消费者众;麻花是零食,消费者相对要少一些,时间一长,油炸鬼慢慢就成为油条的专名了。这项冒名侵权案的发生时间,要具体考证清楚恐怕并非易事,不过据手头掌握的资料来看,同治二年范祖述著《杭俗遗风》卷十麻花儿、油灼鬼儿二名并列;又卷十二"百狮池"条下称"春香(春间烧香)时,乡下人以油灼鬼烧饼投之,是亦杭城之一景焉"。书里油灼鬼烧饼搭配如今时所见,则至迟在同治初年的时候,麻花已如武大郎,油条好比西门庆。而稍后同治五年薛宝辰著《素食说略》,里面已明确载有这两种食物的不同制法,其一云:"扭作绳状炸之,曰麦花,一曰麻花。"其二云:"以碱白矾发面搓长条炸之,曰油果,陕西名曰油炸鬼,京师名曰炙鬼。"则鸠占鹊巢,大局已定,油炸鬼一名从此就归油条所有。

油条固然不是麻花,但油炸鬼和油炸桧肯定是同一种东西，不过后者得名时间肯定还要更晚一些，个人推断当以晚清光绪中后期为宜。其时举国汹汹，视李鸿章为首的洋务派为汉奸，遂有居心叵测之徒借秦桧夫妇说事，饰以虚词，在狭隘的民族主义观念煽动下，油炸鬼遂又改名油炸桧。连知堂这样的高人当年也难免有所不察，一般民众自然就更难分辨。但这样的观点由于明显带有政治视野上的某种局限，较难为思想开放的现代人接受也理所当然。比如周先生本人对此就曾持批评态度，他说："若有所怨恨乃以面肖形炸而食之，此种民族性殊不足嘉尚也。"

好在思想开放的现代人对油条或油炸鬼感兴趣的倒也不在少数，老辈民国文人里只要写到乡情，也很少不拿此物来说事的。张爱玲是写情感的高手，想象中以她的惊世才情来刻摹油条，那肯定别开生面。可惜这位乱世佳人当年没有描写，只有感觉："大饼油条同吃，由于甜咸与质地厚韧脆

油条麻花

薄的对照,与光吃烧饼味道不大相同,但油条压扁了就又稍差,因为它里面的空气也是不可少的成分。"对食物的体味细致到如此程度,那就真叫人只有感慨的份了。比较三位作家笔下的不同侧重,应该很有意思。

# 水芹,旱芹

芹有水芹旱芹之分,其名始见于诗三百,《泮水》篇说薄采其芹,《采菽》篇说言采其芹,是不是前谓旱芹,后谓水芹?古代搞注疏的人有一大帮,就是不肯讲清楚。只说它是菜,可以趁着新鲜吃,也可以腌制,所用待君子也。我们也只好跟着糊里糊涂。《吕氏春秋》在介绍古时天下至美之物时倒也没忘记它,即所谓"菜之美者,有云梦之芹"也。考明人冯复京《诗名物疏》引该文,前面尚有"伊尹说"三字,可见其历史之悠远。李时珍在他的大著里经过一番考证后,替它们在湖北蕲州一带找到了祖籍。他的主要依据是云梦秦时属楚,楚地有蕲州蕲县,水网交织,地多产芹。另

## 水芹,旱芹

外,蕲字的古音也与芹相同。可云梦湖究竟在哪里,他就不跟你探讨下去了。因此,这样一番推论,也只能说让人将信将疑。

学术上的事情说不清,不管它,只管吃就是了,没想到吃也不容易。因为旱芹系陆生,主要用于药材,只能看,不能吃;水芹又名水蕲,纤弱细小,肉质鲜嫩,为蔬中佳品。因此我们通常所说的芹菜,实际上只是单指水芹。汉乐府《江南》"溪涧可采芹,芹叶何菁菁"的赞美,既表其色,重点交代的还是它的习性,即宜于江南水边生长。虽说是极贱之物,却也常常有幸登上大雅之堂的。从前无论去饭店宾馆吃饭或出席亲朋好友家宴,一上来的几个冷盘中,一道凉拌芹菜倒是必备,很上得台面的。具体做法当以《遵生八笺》所言"拌水芹须将菜入滚水焯熟,入清水漂着,临用时榨干,拌油方吃,菜色青翠不黑,又脆可口"为指导方针。后来经济发达，飞禽走兽，山珍海味什么的多起来了，加上西芹东渐，这才逐渐遭到冷落。尽管如此，由于它价廉物美，清嫩爽口，又是时下流行的正宗绿色食品，因此一般工薪家庭冬春之际还是照样食此不疲的。

和大多数野生蔬类一样，芹菜的做法也有多种，凉拌熟炒均宜，也可以切碎做馅用来包馄饨包饺子。袁枚当年号称炒芹菜当以加笋丝为最佳，如佐以肉丝鱿鱼之类，则如同以沧浪之水濯足，清浊不分，亵渎佳物，大煞风景矣！另一老饕李渔则宣称南京的水芹鲜嫩无比，在他一生所食的蔬菜中堪称翘楚。这一观点亦在童丘荐的《调鼎集》里得到了证实，其书芹菜条下有自注云："腊月起，五月止。杭州及江宁者佳。野芹六七月尚有。"笠翁晚年返回家乡定居，尚恋恋不舍，某个月白风清的夜晚曾发出过"物之美者，犹令人每食不忘"之浩叹。大可为芹菜一物扬名增色。

## 素言无忌

由于芹菜形状可人，味道特别，且又寄身水涯，依稀君子人格，古人的赞美诗文自亦不少。苏门弟子梅圣俞生平喜食芹菜，还喜欢自己动手采摘，其《和挑菜》诗云："中圃本膏壤，始觉气候偏。出土蓼甲红，近水芹芽鲜。挑以宝环刀，登之馔玉筵。僻远尚含冻，安占春阳前。造物非有意，地势使之然。"风雅得很；而《明诗综》记福建人高嵩洪武中任教官，官职微卑，吃芹菜吃怕了，作《立春日题壁》诗："漂泊江淮老广文，昨宵黉舍又逢春。月支二石五斗米，录着诸生四十人。乡远已绝归梦数，身闲不厌在官贫。笑看朝日盘中味，可有青青泮水芹？"可见即使同为官员诗人，权位不同，对待同一事物的态度也是不一样的。

此外有关它的一个小故事也颇有趣：张仲景在《金匮编》里曾坚持认为，有些人吃了芹菜后会腹痛脸青，那是因为"龙带精而入芹中"，因此误食之下就会有这样的症候

水芹,旱芹

出现。李时珍断然驳斥了这种显然信口开河的说法,他辩曰:"芹菜生水涯,蛟龙虽云变化莫测,其精哪得入此?"他怀疑是蛇蝎一类爬行过后留下的唾液所造成的。从现代医学的角度来看,后者的说法应该更为可信一些。

另据徐珂《清稗类钞》载,芹在夏日有时还会开出一种清丽的白色花朵。根部呈白色,叶部翠绿,上缀素雅、娇嫩的小白花数朵,其风致之动人当可想象。王质《水友续辞》其八水芹诗自注亦云:"花白,根亦白,可食,叶似芎藭,又号水英。"可见其言不虚。遗憾的是自己虽生于水乡,平时懒于走动,又缺乏农艺知识,因此一直无缘拜识过这种别致的花朵,仔细想来,也是生平为数不多的几件憾事之一。

# 作家与豆芽

一九四二年女作家苏青离婚辞家毅然去上海发展，一度生活十分拮据。那时她一则还没什么名气，二则身边又拖带着既要管吃又要管穿的两个孩子。每天饭桌上除了些青菜豆腐之类，还有一碗顿顿少不了的香干丝炒豆芽——也即被她自己戏称为"卫生时菜"的那玩意。这位后来以《离婚十年》《饮食男女》等作品蜚声文坛的浙江才女，当初为争取精神独立作出的物质上的牺牲看来也真够大的。因为在此之前，她们家的生活在宁波完全够得上是中产阶级水平。即以豆芽一物的配料为例，就一向采用货真价实的火腿切丝，而非滥竽充数的香干之类。"我的爸爸在夏天有几只非常爱

作家与豆芽

吃的小菜,一只是火腿丝拌绿豆芽。那时金华火腿在宁波卖得很便宜,我们家总是永远这么挂着三四只。把它们切一块下来蒸熟,撕成丝,然后再把绿豆芽去根,于沸汤中一放下去就捞起来,不可过熟,这样同上述火腿丝搅在一起,外加虾子酱油及陈醋,吃着新鲜而且清脆"。苏青的艺术感觉一向不如她的朋友张爱玲那是事实,这篇记述个人饮食生活的《消夏录》同样也是一副不咸不淡的笔墨。但在对以往人事看似漫不经心的追忆中,却也依稀可闻白发龟年奏天宝遗音那样淡淡的哀愁和沧桑。

作家中当然也不乏既有钱又会吃的,比如南京的小仓山房主人一生著作等身,口福亦很是不浅。《随园食单》里有一道菜写到豆芽,用的佐料甚至是较火腿不知名贵多少的燕窝。跟它一比,西门大官人府上引以自傲的豆芽菜炒海蜇一下就黯然失色,威风不起来了。以模样像个苦孩子的豆芽

素言无忌

配以国色天香的燕窝,犹如石壕村女与贵妃阿环双双携手,共浴华清温池,此菜的旖旎风光也足够让人想象的。袁子才生平隐居不忘朝纲,身在江湖,心怀朝阙,那也不算什么,但他接下去用"惟巢由正可陪尧舜"来解释这两种物事的贱贵相谐,就不免过于理想化,或者说有点过于讨好朝廷了。如果非要打个比方,我想还不如套用画技中的反差原理或财主女儿招亲抛绣球砸在穷汉身上什么的更能说明问题。

但世界上的事情就是这么奇怪,《榕坛问业》载晚明作家兼大儒黄道周与门人讨论学业,居然同样也扯到了尧舜,而且同样也以豆芽来打比方。当时学生王述之问他:养心养气是孟子一生学问,而庄子又称不听之以心,而听之以气,气能复精于心乎?黄老师的回答是:性体语大,大于天地;语细,细于针芒,长如豆芽,消如雪片。学生也不含糊,接着又问:难道尧舜不增,桀纣不减者,亦是这个?黄

老师又回答：孟老云，苟得其养，无物不长。苟失其养，无物不消。大抵意思是讨论哲学与政治的关系，以及朝代消长之理。不过他既然一打比喻就想到豆芽，估计也是嗜食之物。崇祯十七年三月十九日北京沦陷，道周先生辗转千里投福王，因上书献策不听，主动要求出关募兵，兵败被杀。可谓真正以身殉道，不像东林社友中其他那些说一套做一套的人。只不知在生命的最后一刻，有没有像瞿秋白那样表示过对生平最喜爱的食物的怀恋？

整治佳肴一如文人侍弄文字，免不了花样翻新，这话忘了是谁说的。袁子才当年于厨艺一向较文章还要自负，大有独孤九剑求败天下之概。你说他哪篇墓志写得不到位，他可能笑一下就算了，说他食谱里哪道菜有问题，准保会跟你拼老命。然而仅在殁后十年不到，又一道以豆芽为主料的名菜出现在京城上流社会的餐桌上，据说同样出自江南某名

作家与豆芽

士之手。"镂豆芽菜使空,以鸡丝火腿丝塞之,嘉庆时最流行。"(引见《清稗类钞》饮食部)不过这样的菜精致是精致了,其手段却似已超出传统烹饪的范畴,而更接近于某种微雕艺术或老奶奶戴老花镜穿针引线了。至于宁波苏府的那款火腿丝拌豆芽是否本源于此,后来嫌工艺上实在太复杂太麻烦,就退而求其次,改成同拌而不是内穿了?我因没时间考证,不敢随便下结论,姑且存疑可也。

# 卖炒面的诗人

起初我们没有想到要吃炒面,起初我们只是喝茶。三联书店挂满旧画和木雕的大堂里,每晚必到的那么几个人,有一句没一句地闲聊着。后来也不知是谁偶尔说起了他,一个许多年前心高气傲的先锋诗人,现在在市中心公园门口的食摊上卖炒面。这听起来当然是个不怎么令人愉快的消息,至少我发现一段时间内大家都默不作声。后来到底还是好奇心占了上风,我们打算乘兴去拜访他,顺便在他摊位上吃盘炒面充当夜宵,以示对他从事经济工作的支持。虽说在眼下时代诗歌已如白头宫女唇边的开元天宝旧事,但一个诗人的炒面,毕竟还不能让人完全无动于衷。

## 卖炒面的诗人

那天座中有一位正好是新上任的文艺部门的头头,我在向他介绍了这位诗人的创作以及生活状况后,特别强调了此人的才气。记得当时我还举了金庸小说里的绵里针陆菲青,衡山派掌门莫大先生等例子,说明真正的高人总爱隐于市肆之中,深藏不露什么的。而我们的领导当然也喜欢礼贤下士,再说也经不住我们的一再鼓动,于是欣然答应一同前往。当时大约已是深夜十二点左右,一行人付账出门,兴致勃勃,浩浩荡荡向诗人赖以为生的食摊杀将而去。

路上我回忆了个人与他为数不多的几次交往,记得是在上世纪八十年代中期,一天晚上我埋头写作,忽有一人撩开门帘扬长而入,与我大谈了一通艾略特与非非主义理论,并指出我作品中存在的危险的媚俗倾向,而他的诗因为是写给下一代人看的,因此不为编辑和读者接受也就理所当然。我唯唯诺诺,自觉受益匪浅。后来他走了,后来他在单位辞职了，后来听说他自费去全国考察，半路钱用光只好回来了。1988年东北的邵春光来湖州看我时，他已是一名熟练的三轮车夫。于是我们隐隐以东北诗坛盟主自居的邵大侠客湖期间风光的交通用具，就是他的那辆吱吱咯咯的破车。再后来他还干过屠宰，家具推销员，副食小店店主等业，直到现在的炒面摊老板。是的，他从事过的职业固然如他当初对诗歌形式的探索那样让人眼花缭乱，但他对生活的热爱，也像他的诗歌精神那样一直没有改变。

美食街在路灯下呈现出商品社会所特有的生动与活力，也没费上多少周折，我们就找到了正在喷吐火舌的炉灶边忙个不停的诗人。他当然对他昔日文坛朋友的突然造访感到吃惊，但也只是短短的一瞬。当我用略带几分夸张的语调告诉他，我们新上任的文联主席特意来拜访他时，他的反应竟然只是淡淡一笑，说："这个现在跟我已经没有关系了！"说

一個許多年前苛心寫詩的先鋒詩人現在在市中心公園門口食堂推上賣炒麵

丙申立夏月 馬敏 畫

话间将锅中炒面翻身、浇油、起锅、装盘,动作熟练得就将写好的诗稿装入信封,贴上邮票封讫寄出。夜色中的街心公园在他身边像一张巨大的美丽的稿笺,他用锅勺在上面写作。对面是新建的优雅的市图书馆,他本该在那里有一个固定的位置。而现在,他那原先打算拍拍诺贝尔老头肩膀的手,却不得不长久地浸在水里,像翻动书页一样清洗着一大把青菜。

我们颇有几分尴尬地站在那里,不知该说什么好,直到我们的领导同志不露声色招呼我们坐下来吃炒面时才如释重负。看来领导到底是领导,在等待与闲聊的过程中,我记起他以前一首很有名的诗,满纸写的都是绿字,密密麻麻有好几百个,就中间部分填有十来个黑字,而这时邻桌刚巧端上一盘青菜香菇。此情此景,我心中的苦涩与感伤,一瞬间真是难以形容。好在这时面条已送了上来,我们匆匆吃罢,

卖炒面的诗人

起身告别。商业是严峻的,诗人毫不犹豫接过我们手中的大额纸币,在边角捏了捏,又仔细验过水印,这才收下找回零钱。一连串沉着的动作,把我们中间曾推测他要客气一番的那位看得目瞪口呆。而我却由衷地为他的成熟感到高兴——既为他路灯下收入菲薄的炒面摊,也为他将来或许会东山再起的现实的诗歌。正是基于这样的理解,我希望有更多的人到他夜摊上去品尝他的炒面,而我这篇深情而无力的文字,算是为他和他的炒面摊所做的小小广告。

# 白菜经

时令一入冬域,北方一无例外又都成了大白菜的世界。车上载的,地头叠的,市场摊的,家家户户屋角堆的,铺天盖地、排山倒海,简直叫人看得气都喘不过来。包括它们的家谱身世,同样也是庞大而复杂,不下点功夫的话还真搞不清楚。如《日下旧闻考》说的戏马台白菜;《盛京通志》说的生近水田间的河白菜;《畿辅通志》说的苗叶皆嫩黄色,脆美无滓的黄芽白菜;《钦定热河志》说的箭杆白和回回白菜,后者并引元人许有壬《上京十咏》白菜诗称:"土膏新且嫩,筐筥荐纷披。可作青菁饭,仍参玉版师。清风牙颊响,真味士夫知。南土称秋末,投簪要及时。"以证其言非虚。

吃葷雷也吃
白菜心
打使专折
新六軍
丙甲
三月
馬叙畫

以至一位刚从北京回来的朋友这样到处对人说:"十二月的北京,除了毛主席纪念堂和冰糖葫芦,印象最深的就数大白菜了。"

北方人吃大白菜一向称得上是豪气冲天,无论切成大块煮粉条;或以整片白煮,蘸酱而快哽;或者用辣椒腌制,拌以盐醋等物用于佐餐,都显得干净利落,虎虎有生气。南方人也吃大白菜,南方人吃大白菜羞羞答答,精雕细琢。通常的方法是将叶片水煮后捞起,切作极细的丝,再加进什么肉丝啊,豆干啊,香菇啊等同炒。这样折腾以后,大白菜的特色风味差不多也就消失殆尽了。看来南方与北方饮食文化方面的差别,深得犹如象棋棋盘中间那道沟,并非如《世说新语》所记王陆之争那么简单。这不,即使在一棵普通白菜的烹调方法这样的细小问题上,也是如此的泾渭分明。

白菜经

大白菜在园艺学中当属十字花科,另还有个十分形象的雅号叫做结球白菜,这是现代科学家说的。原名菘,性凌冬晚凋,四时常见,有松之操,故曰菘,今俗谓之白菜,其色青白也;这是古代科学家说的。虽然科学与气节是两回事情,物质与精神也往往很难兼具,但在我的个人印象中,它却一直与革命和战争有关。说来也是奇怪,每当看见它在超市货架上浩浩荡荡朝气蓬勃的样子,总会一下联想起灰布军服、信天游、八角军帽、小米步枪什么的,代表一种生动而朴素的力量,让人无法不为之悠然神往。

大白菜的精神价值固然难以估量,但它作为物质部分的菜心为蔬中妙品,这一点倒是大家一致公认的,其色金黄,馨香脆嫩,颇足令人留恋。从前羹尧最爱吃了,炒一碗要足足用掉几麻袋。而倪元镇吃起来照样也很不含糊,《云林堂饮食制度集》有雪盦菜条云:"用春菜心,少留叶,每科（棵）作二段，入碗内，以乳饼厚切片盖满菜上，以花椒末于手心揉碎糁上。椒不须多，以纯酒入盐少许浇满碗中，上笼蒸，菜熟烂啖之。"算是武人文人打了个平手。至于味道究竟如何，尽管两人事后都没接受媒体采访发表感想，好在有范成大所记之"拨雪挑来踏地菘，味如蜜藕更肥醲"、刘子翚所记之"今晨喜荐新，小嚼冰霜响"、苏轼所记之"脆美牙颊响，白菘类羔豚"，这些诗句都是讨论口感的，只要想象作者就是年大将军或倪大高士，就可以了解个大概。

还有一个问题是纯粹个人性的，说出来不怕大家笑话。在年轻时阅读过的战争题材的小说中，我曾不止一次被以此为喻的那些朴素的民间歌谣所打动。如"吃菜要吃白菜心，当兵要当新四军"或"吃菜要吃白菜心，打仗专打新六军"之类。记得当初读时难免也有过一些困惑：在本体内涵维持

白菜经

不变的前提下,喻体之间的差别何以如此之大?从纯粹修辞学的角度上来看,这是否有些过于随心所欲了,以致显得不伦不类?后来年纪稍长,才知道歌词讲的本来就是很朴素的道理,意思是不管是当新四军还是当新六军;也不管是当兵的还是当官的,反正大家都爱吃大白菜,这一本质改变不了,包括菜心的美味,也不会因吃它的人的政治归属受到任何影响。是我自己因以前写过诗的缘故,爱钻牛角尖,把它想复杂了。

至于说到大白菜的外形和体格,比如说,既然别的菜都叫菜,只有它前面要加个大字,那到底能有多少大呢?这个问题可以让王渔洋来回答。当年《菽园杂记》的作者陆容引《苏州志》说,白菜以南方所产为最大最好,又说北方以前没有大白菜,就像南方没有萝卜一样。这话不知怎么一来把他给惹怒了,在《居易录》里断然驳斥道:京师以安肃白菜为珍品,其肥美香嫩,一本有重十余斤者,可证苏志之妄。但写《辍耕录》的元人陶九成说:"扬州至正时,兵燹之余,城中屋址徧生白菜,大者重十五斤,小亦不下八九斤,有力人才负四五窠(棵)耳。"不仅时间更早,菜也比他说的还要大,是不是也可以反过来证他之妄?至于扬州是不是南方,他这位当过扬州推官的心里最清楚了。当然这些都是开玩笑的话,他写这篇文章时,陶某死了已经有三百年,不可能来找他辩论。就是生逢同时,一个是民,一个是官,想必也不会跟他计较。

# 荔枝谈

妻子从市场买来荔枝,正宗的闽产佳种钗头颗,才五六元一斤,全家饱食快哚,乃至第二天早上起来儿子鼻中隐隐有血斑,才知已坏了事。李时珍说荔枝气味纯阳,食入过多会引起牙龈肿痛、口痛及鼻出血等诸症,这些医学知识平时翻阅《本草》时倒也曾留心过,无奈在实际生活中又常常派不了用场。可见理论总是理论,实际还是实际。生活中处处想到要以理论指导实际,实际上升到理论,想法虽好,做起来确实难度很大。

荔枝不敢吃了,只好找些写荔枝的书来看。读黄山谷集,见有"多食侧生,损其左军"云云,才知唐代的杨玉环因贪吃荔枝,曾烂掉过左边一个牙齿。好好的回眸一笑百媚生的一个美人,从此要天天看牙医,想来也是大煞风景的一件事情。于是有好事之徒作《杨妃病齿图》,又有元朝的冯海粟在上面题诗,大发议论:"华清宫,一齿痛,马嵬坡,一身痛,渔阳鼙鼓动地来,天下痛。"语虽惊警凝练,总脱不了红颜祸水的传统命意。将亡国之责往弱不禁风的女人身上推,原是古代无聊文人的看家本事。相比杨铁崖《宫词》"熏风殿角日初长,南贡新来荔枝香。西邸阿环方病齿,金笼分赠雪衣娘"的温厚蕴藉,讽而不露,非但意境不如,诗艺上也要大大的输上一筹。

唐朝的阿环喜食荔枝,苏州鸳鸯蝴蝶派的现代作家周瘦鹃先生也喜食荔枝。"荔枝色香味三者皆备,人人爱吃,亡妻凤君健在时,一见荔枝,总是买了给我尝新。那时我有

## 荔枝谈

一位文友罗五洲兄,服务香岛邮局,每年仲夏总得寄赠佳种糯米糍一大筐,成为常年老例,我和凤君大快朵颐,连儿女们也都能饱啖一下子"。清代的李渔因爱吃荔枝,每年不待熟时便馋涎欲滴,"一啖辄尽百枚。尝曰:人间至味无逾于是"。这个水平不过只达到宋人的三分之一,因苏轼当年谪居海南,有纪事诗云"日啖荔枝三百颗,不辞长作岭南人"——为一饱口福宁愿流放终身,可见其对荔枝真是痴情得可以。不知他老先生诗写得好,跟喜吃荔枝有没有内在关联?如果有的话,清代的诗歌总体水平不如宋代,这是否也可算是一个原因。

但宋人的诗歌写得好,跟唐人一比,只怕又要相形见绌。比如杜牧写荔枝的名篇《华清宫》:"长安回望绣成堆,山顶千门次第开。一骑红尘妃子笑,无人知是荔枝来。"曾经有人问我什么是史诗,我就以此为荐。这首诗至少向我们透露两方面的信息，一是唐明皇虽因爱妃喜食荔枝，命御骑专运，终觉与天子爱民之意相悖，只好暗中行事，所谓无人知是荔枝来是也，远不如目下某些贪官穷极奢侈时的明目张胆。二是此诗曾引发后代考据家们的一段公案，那就是杨贵妃所吃的荔枝究竟运自何处？宋人蔡君谟在《荔枝谱》里说那时全国主要产荔地为福建、四川和广东。以唐时最先进的陆路交通工具"银牌急脚递"计，从粤地或闽地运，在正常天气情况下最快也得十天。而从四川涪州和戎州运，大约五天左右就可以了。考虑到此物易熟易烂之特点，又偏偏产于盛夏，保鲜不易，当年我们的美人华清池浴罢，芙蓉出水，侍儿扶起娇无力之际，吃的是蜀产荔枝的可能性恐怕要更大一些。

进贡路线解决了，疑虑依然未能完全消除，这就是宫中所食荔枝肉质能否保持新鲜的问题？据白居易《荔枝图》

唐朝的阿環
喜食荔枝
蘇州貿易奮寫蜻蜓多風
的現代作成團體
鵬先生也喜食荔枝
丙甲二○○四月 馬敘墨

序所考,此物"若离本枝,一日而色变,二日而香变,三日而味变,四五日外,色香味尽去矣"。从常识上说,皇家驿传的速度再快,跟非冷藏时代高温季节"赤日炎炎如火烧"(《水浒传》语)的威力相比,根本不在一个等级上。由此推测,荔枝运虽然是运到了,具体质量如何,想必没人敢打保票。说新鲜肯定谈不上,最多也就保持不坏,比张佩纶的堂兄张式如"道光癸卯夏余在仁和署,有人自宁波携荔枝来杭,予得食之,味已变,空有其名矣"(张镇《登楼记》)的遭遇好一点而已,哪比得上家门口超市或农贸市场买来的甘香莹白,入口如水晶绛雪,鲜美不可方物。想起古语所云"天子尚有不及黎民处",这话是有道理。

# 玉米诗

小儿柯一喜食玉米，从两岁起就喜欢吃。在我看来全中国儿童有一个共同的毛病，那就是不爱吃饭。于是做父母的就要千方百计设法以其他食物代替之，玉米因此也就成了我家首选。在菜场上偶尔看到有卖玉米的山东老头或外地小贩挑担沿巷叫卖，那种兴奋和喜出望外的心情，简直不亚于遇见多年未见的好友。唉！可怜天下父母心。在生活中我也算是以严父面目自居的人了，可一个小小玉米就使自己的内心暴露无遗。想起聂鲁达在《玉米的颂歌》里说："咬着你玉米烤的饼，就是和遥远的合唱深沉的舞曲的海洋在一起 / 煮着你，你的香气四溢 / 飘向蓝色的群山。"感觉写的是真好。

素言无忌

玉米当然也有大的，不过那是在肯德基气派明亮的店堂上。记得当初这洋玩意刚打入小城饮食界的时候，媒体报道，里闾哄传，一时间大有满城争说红楼梦之势。免不了也与时俱行，带着孩子去随缘了一回。乱七八糟点了一些东西，其中自然就有此物。等服务员满面春风端上来，一见之下就有些气馁，心里不由暗暗嘀咕：到底是怎么回事，老外的东西为何无论什么总要比我们的大上一号？及至儿子啃了几口说不好吃，我拿过来一尝，才知是放在水里煮透才有此庞大外形的，这大概也是毛主席说的纸老虎的意思，根本不如我们传统的蒸食吃法，又香又韧，口感特棒。这一瞬间我感觉自己确实很有民族感，进而大胆认为，别的不说，就饮食一道而论，外国人或许是真的不如我们。

玉米还有个外号称苞谷，小名又叫棒子，而身份证上的正式名字可能是玉蜀黍。茎高五六尺，叶状如箭镞，七八

## 玉米诗

月份开花成穗,结出苞子。颜色有黄白红等。不过江南水乡人家就是爱吃,大多也只是饭锅上偶尔蒸几个尝尝鲜罢了。而在长江以北,尤其西北贫困地区,可是头顶黄土背朝天者一生的主食。那里家家门檐下挂着成串的玉米棒,仿佛图腾般供奉着,略可见它地位之尊。李时珍说:"蜀黍宜下地,春月布种秋月收之。……有二种,黏者可和糯秫酿酒作饵,不黏者可以作糕煮粥。可以济荒,可以养畜,梢可作帚,茎可织箔席编篱,供爨最有利于民者。"原来它的好处有那么多,怪不得古人今人都喜欢。陶渊明《和郭主簿》诗称:"春秫作美酒,酒熟吾自斟。"我以为诗里的秫说的就是玉米,而非传统注家所谓高粱。

而第一个发现玉米并掌握培植技术的人居然是屈原,如果不是写这篇文章,真是做梦也想不到。先是偶然看到明人董说《七国志》里的引文:"归州有玉米田,屈原耕于此，产白米如玉，楚人遂名其田曰玉米。"此人每次出门都要雇人挑五十担书随行（见钮琇《觚剩》所记），对他的博学自然不敢有所怀疑。后在蒋骥《山带阁注楚辞》里找到附于卷首的唐人沈亚子原作，即他那知者甚少的《屈原外传》，文字或略有差异，事情当无可怀疑。又因两人都是敝邑乡前辈，且书同为四库收录，感情上就更倾向于相信。被这个发现吊起兴头，于是找出来花了几天时间重温一下，果然有些不一样的感觉，至少文字比以前好懂了很多，或者说，从前被诸注家合力抬上天的诗人，好像也开始回到地面，觉得比以前更亲切了。即以首章《离骚》为例，"余既滋兰之九畹兮，又树蕙之百亩。"这是讲耕种面积的，因为这么大的兰园，无论古代，就是现在也没有。蕙同惠，说文："仁也，古文惠从艹。""苏粪壤以充帏兮，谓申椒其不芳。"这是讲勤施肥料的重要性，不然种出来的玉米不香。"冀枝叶之峻茂兮，愿俟时乎吾将刈。"这是讲玉米快成熟

# 玉米诗

了,准备收割。"折琼枝以为羞兮,精琼靡以为粻。"这是讲丰收以后不忘祭神,羞同馐,粻同粮;说文:"粻,食米也。"靡,《玉篇》云:"烂熟也。"《广雅》云:"热貌。"琼靡疑为玉米粥古称,而且要趁热吃。至于《九歌》里说的"瑶席兮玉瑱,盍将把兮琼芳。蕙肴蒸兮兰藉,奠桂酒兮椒浆。"那就说得更为明白,不用疏证也能看懂。兰藉蕙肴既为食物,不是玉米又是什么?连以滑头闻名的王逸,这回也只好老老实实承认:"蕙肴,以蕙草蒸肉也。藉,所以藉饭食也。"楚辞专家看到这段可能会哈哈大笑,但说不定也是对他们一生皓首穷经讫无成效的一记当头棒喝。

前面说到了玉米颜色,白玉米与黄玉米我都在市场上买到过,而见识红玉米却是在彼岸诗人痖弦先生的诗里。在早年的写作生涯中,这也是我比较喜欢的一首诗。不仅因为它结构和技法的出色,更因为语调的深沉悲凉,扣人心弦。

宣统那年的风吹
着院里玉米挂着
丙申三月
马乃和画

玉米诗

比如开头"宣统那年的风吹着/红玉米挂着"这两句，就有一下子就把你抓住的力量。再比如中间的这一段："它就在屋檐下/挂着/好像整个北方/整个北方的忧郁/都挂在那儿。"作者虽不明言，但精心设置的象征色彩应该不难体味，读了心里沉甸甸的。当然，让一个学龄前儿童的小小心灵承受这样的精神负载是残忍的，因此每当儿子吃玉米时我只是给他朗诵这首诗，而不解释诗的意思。

但玉米确实是一种具有深度和内涵的食物，说青翠外皮包着的就是历史可能语涉夸张，但说它特有的长须飘扬于秋风里，如同时间中传递的一行行优美的诗句，总该是可以的吧。因此每次只要看到它，总会不由自主想起战争年代的那些诗人和他们的名篇，想起艾青的《火把》、李季的《王贵与李香香》、何其芳的《我为少男少女们歌唱》、甚至贺敬之的《回延安》和郭小川的《青纱帐，甘蔗林》。我想只要是稍具一点现代史常识的人，都不会忘记这棵小小的玉米棒在国家文明历程中所作出的贡献。从这一意义上来高度认识，我们平时与其花力气对后代进行传统教育，倒还不如让他们多吃几个玉米来得更为实际，且对拉动西部经济，增加农民收入也有好处。比如我在自己家里就是这么干的，目前儿子年纪还小，因此只让他吃，而那些与玉米有关的故事和传奇，打算等他到了一定年龄阶段再讲给他听。

# 苋菜八章

一九三七年作家张爱玲还在上海圣玛利亚女校读书,那时她父母刚离异不久,面对与自己喜欢的父亲与不喜欢的后母住在一起的尴尬事实,她采取的唯一反抗手段就是时不时地逃到生母那儿去住。当时她的膳食问题是这样安排的:每天由母亲炒一碗菜,然后带着菜到街对面的舅舅家里去吃饭。由于喜食苋菜,母亲只好时常在菜场上为她留意。据她后来在美国时回忆:"苋菜上市的季节,我总是捧着一碗乌油油紫红夹墨绿丝的苋菜,里面一颗颗肥白的蒜瓣染成浅粉红。在天光下过街,像捧着一盆常见的不知名的西洋盆栽,粉红小花,斑斑点点暗红苔绿相间的锯齿边大尖叶子,朱翠离披,不过这花不香,没有热乎乎的苋菜香。"

一九二五年徐珂筑居沪西康家桥写《清稗类钞》,与词学家夏剑丞正好对面为邻。"日夕坐其下握笔据几,历祁寒盛暑不辍。"(夏敬观《徐仲可墓志铭》)他在详尽考察了苋菜的种类及生植情况后,断论"苋菜为蔬菜植物,长尺余,叶卵圆型,有青赤二色(即白苋与紫苋),嫩时供食。秋时开细花成穗,色黄绿。别有一种柔茎红叶者,谓之野苋,亦可食"。

一九八二年我借读南浔嘉业堂藏书楼期间,在一册忘了书名的清人笔记里曾读到一个不无传奇色彩的故事。其大意为吴中某农户有姑嫂二人,春时赴郡中蚕花盛会,以家贫无力措办脂粉,不得已假苋菜汁为之。结果误打正着,不仅斗倒满城佳丽,其中小姑还因此得到后来考取进士的邻乡某

生慕名求婚，并最终喜结连理。后览《佩文斋广群芳谱》，见其中有"紫苋茎叶皆紫，无毒不寒，吴人用以染饰者"之记载，方知此虽为一时权宜之计，实亦于古有证。

一七九二年袁枚七十七岁，依旧在南京郊外的小仓山房过他依红偎翠，诗酒自娱的名士生活。是年《随园食单》初刻本问世。"吟咏余闲着食单，精微仍当咏诗看。出门时时都如意，只有餐盘合口难。"为不辜负口腹之欲竟然宁愿放弃旅游与宦途的子才先生，在这册记录自己一生饕餮的得意之作里，自然忘不了给苋菜也留下了一席之地："苋须细摘嫩尖，干炒，加虾米或虾仁更佳，不可见汤。"

一九五七年张爱玲客居美国旧金山，当时因为居所距唐人街很近，再加上害怕异国高脂肪的牛油面包，便时常于写作之余自己上市场买菜。由于她喜食苋菜，超市里又不易

## 苋菜八章

觅到,难免情怀时常为之怏怏。以至"有一天看到店铺外陈列的紫红色苋菜,不禁怦然心动"。

一六五〇年初夏吴梅村在刚买下不久的贲园欣然接待专程来访的南京诗人余怀,两位落魄才子纵论时局,共伤身世,立马成为惺惺相惜,无话不谈的朋友。席间家厨以园中新摘之苋尖飨客,作为主人的吴酒酣耳热之际忽忽心有所感,即席吟成五言律诗一首,记忆中其前四句依稀为:"性嫌同肉食,味好伴葵羹。辨叶先知种,闻香易识名。"

一九八四年台湾作家翟羽佳节思亲,神伤不已,在当地《新生报》上撰文回忆家乡湖南的端午龙舟盛事,在介绍了炒蚕豆,包粽子,帐束艾草,堂悬钟馗像等种种热闹外,特别强调:"饭时菜蔬少不了一盘苋菜"。向往之情活现于纸上,但比起清无名氏手稿本《杭俗怡情碎锦》写到苋菜时要求杭州人民："不管怎么贵也要买来吃"，力度尚有所未逮。

一九五七年张爱玲依旧客居美国旧金山，在后来由台湾皇冠出版社出版的《续集》一书中，她以权威的、仿佛盖棺定论似的口吻总结自己一生的食苋经验："炒苋菜没蒜，不值得一炒。"这不禁让人想起她的另一名句"生命是一件华美的袍子，爬满了蚤子"。但爬满蚤子的锦袍与撒上蒜瓣的苋菜显然是她矛盾的人生观点的两个对立物。文字虽异曲同工，用心却大相径庭。个中曲微，明眼人不可不知。

# 不可一日无笋

小时候读唐诗，最喜欢的诗人居然不是李白，而是他的同宗李商隐，回想起来连自己都觉得有点奇怪。记得当时有事无事总爱捧了《玉溪生诗集笺注》闲看，也不管看得懂看不懂。有一回读了他的《初食笋呈座中》："嫩箨香苞初出林，于陵论价重如金。皇都陆海应无数，忍剪凌云一寸心。"因佩服诗人托物讽咏本领的高超，自惭形秽，一段时间内甚至都不大敢碰。

后来年齿稍长读苏轼，见这人说话有趣，又死心塌地喜欢上了。尤其见他虽然也极爱竹，号称不可一日无此君；笋却照吃不误，还时不时作诗讽咏，自我调侃，这无意中让人懂得一个道理，就是精神生活与物质生活实际上并不矛盾，才慢慢放弃了原先的敬畏之心。

但东坡食笋最初好像喜用素油焖烧，即吴地俗称之"油焖笋"也。相传此为东晋古法，王谢诸人及众江东世族子弟辈，当年均以嗜此而名扬天下。一部《世说表语》，或许有半部就是这样吃出来的。食用时节以清明以后端午以前为佳，市场上的时价一般在每斤五元左右浮动。冬天虽然也有笋出土，但价格较之春笋要昂贵得多，以其稀也，宁有他乎？工薪阶层的家庭主妇们通常要在菜摊前徘徊良久，咬牙切齿，慷慨激昂一番以后，才敢狠下心来买上一斤半斤。怎么办呢？既然此物是如此鲜美不可方物，尤其去壳剥衣后娇柔无助的样子，说不尽的楚楚可怜，让人觉得越剧《红楼梦》里唱的"阆苑仙葩、美玉无瑕"这两句，仿佛就是为它写的。

素言无忌

李笠翁则不同,吃起来方法更简单,即以清水白煮,略用酱油装碟,加沾边吃,并宣称"从来至美之物,皆利于孤行"。如今大小餐馆里早已不再有这种吃法。比较常见的是切成片切成丝,用作配料。也有剁碎后做馅的,对此倪懒瓒应该最有发言权,因为他曾经专门发明出一个词用于形容,叫做笋米,见《云林堂饮食制度集》。而朱彝尊比他做得更绝,干脆主张用药刀切极薄片,晒干磨粉收贮,可供无笋时解馋,堪比国家粮食储备仓库。用他自己的话来形容,叫做"或调汤,或燉蛋腐,或拌臊子细肉,加入一撮,何其妙也"。文人们著菜谱,是不是也像吟诗作文一样,一个个都想把别人比下去,我看是有点像的。

还是要说到苏东坡,因为这不仅是文人中的顶级人物,更是笋学的大名家。后来他在黄州突然又改弦易辙,发明了与土猪肉同煮的新法,复有诗称:"黄州好猪肉,价钱如粪

## 不可一日无笋

土。富者不肯吃,贫者不解煮。慢着火,少着水。火候足时他自美。每日起来打一碗,饱得自家君莫管。"《竹坡诗话》说诗里强调文火慢煨,是用了昔戴黄升煮鹿肉的内典,"乃知此老虽煮肉,亦有故事,他可知矣"。但用事虽有所本,原因还是不明。后来读《浮生六记》,才偶然了解了其中的奥妙。书中记沈三白年轻时随其塾师赵先生清明扫墓,"墓在东岳,是乡多竹,坟丁掘未出土之毛笋,形如梨而尖,作羹供客。余甘之,尽其两碗。归途觉烦躁,唇舌几裂。先生曰:噫!是虽味美,而克心血,宜多食肉以解之"。东坡先生是通人,他的这一重大的胃口革命,想必当初也是出于养生上的考虑,而非黄州的猪肉特别好吃。这事虽说不上有怎么重要,但研究他的人这么多,每年都要花掉国家不少银子,却一直未见有人提及,也是不应该的。

笋的另一食法是煮熟后晒干贮藏,其中又有大小之分,小者条也,通称笋干;大者片也,古名玉版,俗称朝板笋,以其形类似古代官员手中的朝笏,因有此雅称。台湾诗人痖弦在《酒吧的午后》里写道:"他们的朝笏总是遮着/另外一部分的灵魂。"所咏即为此物。不过在我这个俗人眼里,每次看到这两句诗,脑子里总会想入非非,结果连累威严的皇家宫殿,转眼间变成餐馆的厨房。明知很不应该,但也没有办法,因为这种朝板笋的味道实在是太妙了,尤其与猪肉同煮,堪称雅俗结合的典范。它的至美之味再加上苏东坡的个人魅力,从此盛名远扬,天下皆知,影响力甚至一直覆盖到修辞学的范畴。熟悉金庸小说的读者可以分别在《连城诀》《笑傲江湖》等书里读到有关"笋烧肉"的精彩描写,不过不是作为食物,而是作为精彩的比喻——即用毛竹板打屁股也。现在江南人家见小孩儿顽劣过分,做父母的也常常会铁青着脸抓过竹柄扫帚在手,口里厉声喝道:"识相一点的话,就给我赶紧坐下来做作业。再不听话,今天就要请你吃笋烧肉。"可谓古风犹存。

# 萝卜及其他

仿佛一群活泼好动、圆圆胖胖的孩子，拥挤着，嬉戏着，打闹着，这是早晨送儿子去学校，回来沿市河边慢慢散步，看见船上农民将萝卜往码头倒时展现的生动而有趣的情景。但说萝卜是小朋友，只是我的个人想象，在蔬菜的干部档案表上，萝卜可是参加革命最早的老前辈之一。《尔雅》说它小名葖，大名芦萉，后来秦始皇掌天下，讨厌知识分子，嫌有小资产阶级情调，才把它改成现在名字的。至于有的书里也称芦菔，那可能是派出所管户口的把它名字登记错了。萝卜这位同志政治上一向很要求进步的，泥里埋雨里滚，吃苦耐劳，就是计划生育工作做得不够好，到处留情生根。比如山东有私生子叫"高脚青",苏北前妻养的又叫"里外青",广东认个干女儿叫"萝白",北方的大女儿名"大紫红",江南的小女儿名"红心萝卜"。一生在情场打滚,堪比西门庆,不过这也不算什么,政治思想是大方向,生活作风是小问题,毛主席说了,一个人犯点错误总是难免的,只要认真改就行了,还是好同志。就像萝卜身上沾了泥,好好洗一洗,也就干净了。

萝卜价钱便宜,产量丰富,或许正因为如此,在日常用语中它才常与青菜搭配,表示不大值钱的意思。其烹制方法也相当简单:刨丝、腌渍、切大块红烧均无不可。比如周作人吃萝卜喜欢切成大块炖豆腐,跟他的文章风格可谓大异其趣。云林堂主人倪瓒则喜切作四方长小块煮烂,以生姜丝花椒粒盐醋为调料,浇在萝卜上乘热快食。电视剧《康熙王朝》里那个福建人李光地虽说位极人臣,吃起萝卜来却

萝卜及其他

是一副平民知识分子派头,冬夜看书时桌子上放一篮子生萝卜,边吃边看,吃完了才睡觉。而号称隐士的袁随园不过一社会闲散人员,官本位思想却十分严重,即使一盘普通的萝卜丝,也一定要用上好猪油煎炒,还要加虾干,且起锅时必须做到"临起加葱,色如琥珀"。民国初年北京致美斋的萝卜丝饼驰名远近,在用馅方面想必参考了他的发明。

也有把萝卜当作文化来吃的,创始人自然又是苏东坡。号称"消梨嫩者,盐水渍之,可以致远"。林洪《山林清供》又记南宋温州大儒叶水心毕生酷嗜萝卜,号称胜于服玉,并向好友杨诚斋郑重推荐。于是同郡的陈止斋,丽水写《四朝闻见录》的叶绍翁,包括林某自己等纷纷响应,都成了萝卜教的忠实教徒,经常在一起开研讨会,交流服食心得,时间竟长达二十多年。最后研究出来的结论是:"与皮生啖,乃快所欲,取其能通心气,故文人嗜之。"其中绍翁先生写

素言无忌

诗多年，本来水平也不怎么样，可能就是因为萝卜吃得多，心气通得畅，一不小心就写出了千古名诗，连现在幼儿园里的小朋友都会背："应怜屐齿印苍苔，小扣柴扉久不开。春色满园关不住，一枝红杏出墙来。"

萝卜各省皆有，人人爱吃，但最有意思的还是要数南京，是因为南京人特别喜爱吃萝卜？还是南京的萝卜个儿长得特别大？总之，一个"大萝卜"的谑称，不知怎么一来就成了南京人的别名。尽管《调鼎集》作者记姑熟东郊墓园出一种小萝卜，小如纽扣，最大也不会超过桂圆；又于萝卜条下别列一目，专门用来介绍南京著名的板桥小红萝卜；孙枟《余墨偶谈节录》亦称："扬州土人谓葡萄红而小者为女儿红。自初冬卖至晚春，其色娇艳可爱。"但好像还是不管用，外省人依然故我作如是观如是呼，继而像北京的蜜饯、哈尔滨的冰雕、杭州的龙井、广东的早茶一样不胫而一個人犯點錯誤總是難免的，祇要認真改就行了。就像蘿蔔沾了泥，好好洗一洗，洗也就乾淨了。

走,海内皆知。就连那些云鬓花颜、弱不禁风的窈窕淑女,居然也难逃此厄,被人当面背后唤作大萝卜,当真是冤哉枉也。想起《后汉书·刘盆子传》里说的"时掖庭中宫女犹有数百千人,自更始(王莽年号)败后,幽闭殿内,掘庭中芦菔根,捕池鱼而食之"。不知两者之间是否有内在关联,建议有考据癖的同志不妨大显身手。

那么大萝卜究竟有多大?著名学者陈子展先生曾于文章里记录了自己在家乡湖南椰梨市的所见所闻:"这里的农民每每夸说自己种的萝卜大,或者对外地人夸说本地的大萝卜,说是曹操八十三万人马下江南,一餐吃不完一只萝卜。可是我在这里住过,只看见十来斤重的萝卜就算顶大的,这种萝卜好吃,价钱却很便宜。"这一说法亦获得史料方面的有力支持。据《通志》记载,历史上最大的萝卜产于唐代镇州,重量为十六斤。可见以前的学者就是不含糊,随便说

萝卜及其他

一句话，都能有根有据，跟现在的确实有些区别。

此外还有萝卜的药物作用，不过这件事说起来有点复杂，古谚云："萝卜上场，医者回乡。"古谚又云："吃萝卜，喝热茶，气得大夫满地爬。"李时珍赶紧在后面跟帖，说可治痨病痫病慢性哮喘等一十五种顽症。民间既有此一说，道理想必是有的，语涉夸张自也难免。像《香祖笔记》所记："王安石尝患偏头痛，神宗赐以禁方，用新萝卜取自然汁，入生龙脑少许调匀，昂头滴入鼻窍，左痛则灌右鼻，右即反之。"这样具体有可操作性的医案，或许才是患者真正需要的。包括从前我们可敬的医生同志冬天一到也总爱让他们的病人多吃萝卜，宣称既可止咳化痰，又可清胃降火，甚至还有顺气养颐的保健功能。于是患者奉若神明，走出医院大门后立即兴匆匆奔去市场，买上一大筐萝卜用自行车推回家，然后耐心等待神往中的奇迹出现。尽管奇迹不一定会出现，但这样不卖药反帮你省钱的好医生,眼下也已经很难找了,不信你咳嗽了上医院去,说不定要叫你做胃镜,至少也得拍个全身CT才肯放你走。

然而对萝卜的喜好也给它的众多食客带来了一大不幸,那就是打嗝。对此李渔曾有一段精彩而形象的议论:"但恨其食后打嗳(嗝),嗳必秽气,予尝受此厄于人,知人之厌我亦如是也。故亦欲绝而弗食。然见此物大异葱蒜,生则臭,熟则不臭,是与初见似小人,而卒为君子者等也。虽有微过,亦当恕之,乃食勿禁。"是啊,萝卜就是这样一个似小人而实君子的好同志,但愿我们都效法开明而宽容的李笠翁先生,生熟并举,"乃食勿禁"。

# 豌豆与豌豆饭

　　友人从新疆来信，深情问及故乡今年的豌豆收成，字里行间一种触手可及的游思乡情在微微荡漾。我一下就想起了王维广为传诵的那两句诗："来日绮窗前，寒梅着花未"。由于当时还只是阳春三月，乡下路边田垄间的豌豆才刚刚开出淡白色的小花，故而无可奉告。等到前几天在菜场买到了今年刚上市的豌豆，打电话告诉他时，他却已经另谋新职去了海南，一时间又无法联系上。情思怏怏，几令人不能自释。

　　作为天然丽质的豆类作物，豌豆的食用期稍纵即逝，一如绝世佳人的红颜青春——短暂而不可淹留。它不像毛豆那样可以历经整个夏天并进入初秋,也不像豆角那样能通过人工方法培植,以至一年四季都有上市。属性方面有可比性的可能是蚕豆,但也只是身世和形状的类似,本质上仍然有着较大区别。怎么说呢?如果都以女人来比喻的话,那么蚕豆是丫鬟,豌豆是小姐。如果都以音乐来比喻的话,那么蚕豆应该属于通俗歌曲一类,而豌豆则肯定是古典名曲无疑。

但这只曲子据说也不是国产的,只知道作者不是莫扎特和贝多芬,而是更早的外国古人罢了。清王士雄《随息居饮食谱》称《辽志》作回回豆,《本草》名胡豆,俗呼淮豆,亦曰寒豆。煮食和中,生津止渴,研末作酱可以治疮,有良好的药物作用。吃法方面也十分简单利索,江南一带饭店里大多用作佐料,如炒笋丁、炒火腿丁、清炒虾仁等,或取其色如绿珠,宛然可观之长。而在一般家庭的观念中,豌豆最大的功效却是与饭同煮,略放些腊肉春笋,既当饭又当

作為夫妻共慶須知豆荚美食勿鮑魚比今食用期相繼即逝

丙申冬馬紋畫

菜,经济实惠,且又香糯可口,民间俗称就叫做豌豆饭。本以为是吾乡风物,读徐霞客《滇游日记》,见他在昆明下榻中前门后阁附带浴池的官舍,吃豌豆炊饭,泡温泉浴,潇洒得很。方知彼地亦行此法,倒也并非吴中一地所独擅。

说起我自己做豌豆饭的经验,也有一件事可以拿出来说一说。有一年安徽的公刘老师来湖州作客,他算是半个北方人,又多年流放山西,生平未睹此物。我因此兴致勃勃,想趁此机会大显身手,做一顿正宗水乡风味的豌豆饭让他见识见识。结果却颇为不妙,第一次豌豆与米同时下锅,水又放得太多,煮得一塌糊涂。第二次虽然吸取了经验教训,但买到的是外省的老豌豆,加上米多豆少,最后又不理想。公刘老师慈眉善目,大人大量,怕我心里有压力,连声说:"好吃,好吃。"我却神情不安,垂头丧气,连饭后讨论我喜欢的龚自珍时,也打不起多少兴致来。

## 豌豆与豌豆饭

当天晚上,我趁朋友们谈诗论文,豪气干云之际,找个借口脱出身来,骑半小时车赶到一位资深朋友家里去取经。岂料事有不谐,刚巧她出去有事了,只好在客厅里枯坐干等。幸亏她先生也是一位此道高手,见我扭捏半晌说出此行目的后,便以宝剑赠烈士的豪情,慷慨赐教了我几手绝活,这才算是不虚此行。

第二天起一大早,转了几个菜场,精心采购到新鲜豌豆两斤,配以上好白米一斤,腊肉自然也是最好的,大约四两左右的比例,以及植物油、猪油、精盐、味精等等。粮草已备,兵马即行,先将豌豆入油锅翻炒片刻,盛起备用,再将腊肉切丁,先在锅里煮成半熟,然后倒入水米,待饭中水分收干之际,放入豌豆,再略放点盐和味精,用勺子搅匀,焖上四五分钟,喜滋滋开锅,用白瓷蓝花大碗盛了,饭还没端上来,清香先已盈室。米白如珠,豌豆似绿玉,腊肉赤如玛瑙，一派琳琅满目景象，简直可以向工商部门申请开一家珠宝铺了。

从卑微的日常生活中感受人生的美好，并领悟它的真义。我那位朋友在海南虽说每月挣到的钱是我的四至五倍，但他想必无缘品尝到正宗的家乡豌豆饭，更无暇体验自己做豌豆饭的种种乐趣。这让我想起北宋偃溪广闻禅师临死说的"赵州吃茶去，金牛吃饭来"这两句偈子，而王阳明《答人问道》诗也称："饥来吃饭倦来眠，只此修行玄更玄。说与世人浑不信，却从身外觅神仙。"从这个意义上来说，我想我们还是各有所失，各有所得的吧？

# 要莼菜，不要鲈鱼

当张翰在洛阳宫廷见秋风送凉，追忆江南吴中的时鲜食物，馋涎欲滴，立即作出一项在如今看来可说是惊世骇俗的决定：将冠服挂于宫门，不告而辞，买一轻舟从千里外的帝都日夜兼程赶回苏州。当然，这一事件对他本人而言，原只是个人口腹之欲的一次满足，或对世俗生活的纵情礼赞，而对于我们的文学史，则是一段流芳千古的佳话的创作与完成。包括像辛稼轩陆放翁这些牛人，曾经都写了很多诗篇来向他致敬。不过张某是自己想要闲才闲的，辛陆二位是想不闲没机会才闲的，这里面的主动被动关系不能不搞清楚。

他神往的家乡松江风物大约有三项,这在《晋书》本传有明确记载,就是莼羹菰米鲈鱼。其中菰米就是茭白,前面已经写过;鲈鱼是荤类,也暂且按下不表;唯一值得说一说的,就是排名榜上位居第一的莼菜了。莼也可写作蓴,陆机注《诗经》说它与荇菜相似,亦名水葵。《颜氏家训》亦称:"今荇菜,是水悉有,黄花,叶似莼。"这样的话,卷首《关雎》"参差荇菜,左右采之"这两句,说的大约就是它了。此物形状娇小,叶片呈椭圆,性喜温暖,托身陂泽,风致楚楚。虽说是江南风物,但即便从小生长在那里,也并非人人都能品尝。因此物产量本来就少,近年来由于填湖筑路建房,导致水资源的大量流失,加上环境污染,出产更是日见其微。

烹制莼菜唯一正确的方法就是做汤,也即古人所谓"莼羹"。其状如鸟舌,清香柔腻,滑不留口。如能有幸吃

我喜歡眉毛餛飩的在清湯里微漾一剷剷出起入口聽之佳之所起些樣子
庚辰之春月
馬敏畫

素食帖

素言无忌

上一小罐,最好再加上一碗菰饭,那么即使你的文章写得一塌糊涂,也尽可称名士了。当然这事现在要做到也不是完全不可能,只要肯花钱,运气又好,在今天吴地的上等酒馆里仍有可能尝到,不过大多是罐装货,味道方面要打一个折扣。一般说来,新鲜莼菜色泽清亮,芳香暗蕴,罐头里的货色则略呈黄暗之色。由于不可能奔进厨房里去亲眼看大师傅们下锅,真正要甄别恐怕也颇为不易。

我喜欢看莼在清汤里微漾,一副出世入世听之任之的超然样子。说起来,生平为数不多的几次品尝也都在寺院僧舍。记忆中距今最近的一次是在杭州玉皇山顶的素味观里,东西倒是新鲜的本地货,但与时俱进开放搞活的和尚们在里头掺了不少干丝笋丝,让人大扫其兴。这与袁中郎当年的一番热情或许有些相似,他冲此物而来杭州是在万历二十五年暮春,大约是受了写《西湖游览志》的田汝成的忽悠,遂

## 要莼菜,不要鲈鱼

在给友人信中大吹"莼菜来自萧山,惟湘湖为第一"。而稍后李流芳驳斥他说:"袁石公盛称湘湖莼,不知湘湖无莼,皆从西湖采去,以湘湖水浸之耳。"于是不免出了一个小小的洋相。

由于莼自西晋起就成为文人政治面貌的某种具象物,以此为题的诗文自然多如过江之鲫。但无论是白居易的"犹有鲈鱼莼菜兴,来春或拟住江东"也罢,苏东坡的"若问三吴胜事,不唯千里莼羹"也罢,大都是表面文章。在体物与刻画方面,跟当地老手如谢宗可"冰縠冷缠有缕滑,翠钿细缀玉丝香"的形容刻描,陈眉公"莼丝翠滴莼冰滑"的口感表述,根本不能相比,这就是地域文化的力量了。包括上面说的这位李流芳,即陈寅恪教授咬定他跟柳如是也有一腿的,甚至还为此写下过洋洋数百言长诗,不知诗里是否确有托事讽咏,借物譬人的意图在里头,陈氏当年忘了考证一下,有些可惜,不然或可为他的大著增添新的有力证据。其诗有云:"琉璃碗成碧玉光,五味纷错生馨香。出盘四座已叹息,举箸不敢争先尝。"又云:"浅斟细嚼意未足,指点杯盘恋余馥。但知脆滑利齿牙,不觉清虚累口腹。"写莼羹之美写到这种程度,一千七百年前古人的馋涎又一次从我嘴边滴下来。如不是阮囊羞涩,加上儿子在家无人照看,真想立刻放下笔,赶到苏州或杭州的老牌酒馆去,狠狠吃他一顿,也算是为金圣叹的"人生三十三快事"作一不让古人独美的续貂。

# 吃杜甫及其他

鸡蛋在佛家眼里据说是被当作素菜看待的，一则老话说有两个南方人在北京的老馆子里吃饭，其中一位是素食主义者，另一位则生平有怪癖，坚持不吃鸡蛋。跑堂抹过桌子递上菜牌，两人一边闲聊一边随手点了几个。等到不一会菜肴热气腾腾送上，这才彼此瞠目结舌，叫苦不迭。原来刚才分别点的什么溜黄菜、芙蓉鸡片、木樨汤，没想到全是用鸡蛋整治出来的玩意。但这事想来也怪不得别人，要怪的话，只能怪自己平时读书少，知识不够，因《清稗类钞》里对此早有过警告，白纸黑字，写得明明白白："北人骂人之辞，辄有蛋字。故于肴馔之蛋字辄避之，鸡蛋曰鸡子儿，皮蛋曰松花,炒蛋曰摊黄菜,溜蛋曰溜黄菜,煮整蛋使熟曰沃果儿,蛋花汤曰木樨汤。木樨,桂花也,蛋花之色黄如桂花。"

而且还不仅于此,前些天偶阅民国笔记,才知当时京城食肆甚至还有唤作"总督衙门"和"马先生汤"的,实际上也是此物的马甲,即蛋花汤的雅号。前者据说与政治有关,含有将一帮碌碌无为的政府大员骂作浑蛋的意思在里头;后者虽是北大教授马叙伦的个人发明,且也曾风靡过一时,但所谓的秘技,也不过是汤里多放点鲜料而已,总难脱在菜名上摆噱头玩花样之嫌疑。试想上面说的这两位仁兄如果继续点下去,又碰巧点到这两道菜的话,我想说不定连德学兼具如马先生者也会被骂作浑蛋的。

如果年代再往前推一推,大约也就清代中期吧?清人笔记里另有个鸡蛋的故事同样让人发噱,生面别开。有某贫

吃杜甫及其他

士拟在家中留朋友吃饭,但厨房里的全部家当只有两个鸡蛋一把小葱。好在此人之妻是善为无米之炊的巧妇,远近闻名,就凭手边区区之物,居然整治出像模像样号称得自杜甫家传秘法的精膳四道。其一为几根小葱上摊两蛋黄;其二韭菜切碎铺底,上缀蛋白细屑一串;其三为清炒蛋白,置于盆角;其四满满一盆清汤,上浮蛋壳两枚。且每道菜各有杜诗一句以冠其名,首曰:两只黄鹂鸣翠柳;次曰:一行白鹭上青天;次曰:窗含西岭千秋雪;次曰:门泊东吴万里船。把客人当场哄得满心欢喜不说,甚至别后来札尚称余甘在齿,半月不知肉味。并说:杜甫吃过了,味道相当不错,令人致远,什么时候有机会再来尝一尝嫂夫人的李白,想必风味一定更佳。

由于中国文化一向讲究的是名正言顺,至于盛名之下其实难副,反倒不大有人在意。连苏东坡这样的高人,当年也难免上过人家一个当。《曲洧旧闻》记好友刘贡父请他赴家宴,"以简招坡,过其家吃皛饭。比至赴食,见案上所设惟盐、芦菔、饭而已,乃始悟贡父以三白相戏,笑投匕箸食之"。人家明说请你吃皛饭,皛就是三个白字,就是上了当也没法说他相欺,"只能笑投匕箸食之"。这就是语言的力量。至于武大郎的炊饼到了王婆嘴里,那功夫就更绝了。崇祯本《金瓶梅》第二回记西门庆看上潘金莲,问王婆她老公是卖什么的?王婆道:"他家卖的拖煎阿满子干巴子肉翻包着菜肉匾食饺窝窝蛤蜊面热烫温和大辣酥。"一个小小炊饼,转眼间竟能变出七八种名色来,且又隐隐以性事相诱,对症下药,实在令人叹为观止。

由此想起周作人当年写文章以炊饼为馒头这件事,现在看来,这个说法也不一定靠谱。宋人《三朝北盟会编》记金国风俗时说:"地少羊,唯猪鹿兔雁,馒头、炊饼、白中國文化一向講究的是名正言順，至於這一名之下其實難副，卻反倒不大有人在意。

丙申三月
華敬畫

素食帖

熟汤饼之类,最重油煮;面食以蜜涂拌,名曰茶食。"吴自牧《梦粱录》介绍皇城小吃也说:"日午卖糖粥、烧饼,炙焦馒头、炊饼,辣菜饼、春饼点心之属。"二书馒头炊饼并列,则显非一物甚明。而陆容《菽园杂记》里说得更为明白:"古今诗人多以饼喻日月,似亦未稳。大抵饼之制不一,如今之蒸饼,烧饼似矣;若汤饼、卷饼,则又不类;盖面可合并而食之通名,非独圆者可名饼也。"这段话其实已把炊饼的形状种类吃法都讲清楚了。"以饼喻日月",是说古代只要称作饼的,其形状都为圆形。蒸饼为炊饼旧名,因避宋仁宗讳才改蒸为炊,此事文献有载,向无争议。"今之蒸饼,烧饼似矣",是说蒸饼当属烧饼一类,跟馒头是两回事。"可合并而食之",则此物当以两片为一副。中可夹菜,亦可不夹,视顾客财力而定。具体而言,大约是类似今天南方的米饭饼,陕西的肉夹馍一类的玩意,就算推测有误,但至少绝非馒头是可以肯定的。

## 吃杜甫及其他

古人有言云：前事不忘，后事之师，这话居然也可从反面理解。比如今人虽缺乏将王婆的妙语准确断句的本领，她杰出的市场营销手段却早已学到了手，且能发扬光大，青出于蓝。具体表现在时下的烹饪界，就是各种稀奇古怪名不副实的菜肴的流行。"好蛋打浑蛋"到底是什么蛋？前不久因"咬"余秋雨闻名的《咬文嚼字》杂志主编郝铭鉴在报上写文章，慷慨陈词。令他老先生如此生气，好像也是因为有商家在菜名上动歪脑筋，令顾客上当受骗。不过这事的发生地是在上海，具体情况不太清楚，如果他问的是现下杭州酒楼推出的新菜如"火山飘雪"之类，因自己有过不幸经验，倒是可以说上几句的：火山飘雪也是杜甫家宴王婆炊饼在当下时代的继承和推陈出新——即糖拌番茄是也。番茄两块一斤，去皮拆碎，堆成锥体，以合山名，上面略撒些白糖，这就是雪花了。一斤可做三盆，每盆单价二十，可卖六十，大致情况如此，余不一一。

# 豆腐闲话上篇

曾经在报上读到一篇讲老北京在东直门外顶着寒风吃豆腐脑的回忆文章,写得情文并茂,令人读后神为之往,孤陋寡闻的我这才知道北方也是有这一妙品的。在这以前可能因看明清笔记看多了,一直以为豆腐脑是吾南方物。不过在南方,它的通俗称呼应该叫做豆腐花,这是庞大的豆腐家族里最为水嫩的一种。印象中除了咸菜尚堪一比外,素食家谱中很少有像它那样规格齐全,名目繁多的,从软到硬,从湿到干,约可分为二十余种,除常见的嫩豆腐老豆腐,黄干白干,香干茶干之类外,还有《献征录》说的张三丰寓德安太平山时喜欢的提板豆腐。《黄氏日抄》说的徽州豆腐王。

《红楼梦》里说的豆腐皮,《醒园录》里说的糟豆腐,且风味各擅,制法各异。想当年陈果夫建议浙大农学院设置火腿系,幸蒙郭校长同意,院长许叔玑更是大力表示赞同,惜为该院教授林学家梁希等抵制而不果,致使国足至今尚无缘走出国门。近年来教育界扩招势头凶猛,而全国那么多烹饪学校,就是没人想到向教育部提出申请,率先开设一豆腐系的,实在让人遗憾。

此外,由于它品种的众多,禀赋的特殊,使得它文化方面的意义也显得扑朔迷离,分外复杂,通常表现在被人取譬用于对各种现实行为的指称或描述时,有爱有恨,亦正亦邪,毫无规律可循。比如某人性格软弱在强者欺凌面前逆来顺受叫"捏豆腐"。妇女遭受来自男性语言或行为的骚扰叫"吃豆腐"。为人中庸互不得罪叫"刀切豆腐两面光"。看好某人又嫌其窝囊叫"绳扎豆腐提不起"。与葱花一起形容某人行为高洁又叫"小葱拌豆腐一清二白"。而一个女人如果长得白嫩一点，好看一点，又碰巧在相关行业工作，几乎没有不被叫作"豆腐西施"的。明初的孙作正是从这一意义上高度认识，曾运用国家力量给它改名字，"惜其名不雅，今改字菽乳，为赋以诗"。此公时居翰林院编修，背后有朝廷支持。可惜好景不长，没过多久就因拗口或文化霸权主义色彩太重，不为老百姓所喜闻乐见，无奈只好又恢复原状。

吃法方面，豆腐生熟皆宜，而且一年四季都可上市，加上价廉物美，这种种优点加在一起，以致从前在市场上总是显得十分抢手。在我的记忆中，改革开放以前买豆腐是要凭票排长队的，而且天蒙蒙亮就要起身。有一回我排两小时队好不容易买到豆腐时，一不小心跌了一跤，就跌在人潮汹涌的东方红豆制品店的门口。白玉般晶莹的豆腐沿街撒了一

改革開放前買豆腐
是要使用票排長隊的
丙申三月馬〇知畫

地，其情其景，真让人有往事不堪回首之叹。包括暴殄天物这个词，我也是在这以后才学会用的。多年后的今天，店的原址早已变成台湾人开的咖啡馆，当初拆卸式的传统长条店门，更是早已为旋转的玻璃落地门代替。但只要我每次上那儿去，无论喫茶喝咖啡还是吃快餐，眼前还会时不时地闪动这一惨痛景象。

豆腐何其软也，但也有说它硬的，先是有个古人叫苏伯衡，其咏豆腐诗云："一轮磨上流琼液，百沸汤中滚雪花。瓦缶浸来蟾有影，金刀剖破玉无瑕。"然后又有个今人叫陈所巨，也写了首豆腐诗称："心肠太软／脸皮儿太白嫩／不肯自污 不愿伤人／只好做平民百姓／在赴汤蹈火的时候／却方方正正／面不改色啊"。简直是渣滓洞刑场前江姐或许云峰的光辉形象了，作者虽然善于翻案、出新，但诗中对此物有如此感情，当必亦为居家所喜食，说起来，这也是文学创作的规律和秘诀，没有真实的生活体验，就不可能写出好作品来。因此，这位陈先生就算不天天吃，一礼拜吃上一两次总该是有的。顺便说一句，如果去掉这首短诗的标题，准保也会受到灯谜协会那些射虎高手的欢迎，我的意思是说，假如将它移做谜面的话，实在也是合式合体，而谜底自然就是豆腐。

豆腐甘愿寄迹釜炊，洁身自好，这是何等崇高的精神，但它偶尔也会走出厨房，与其他事物，甚至政治发生那么一点关系。比如明代重新加固的长城，当年就有人说它是用豆腐堆出来的。而一家政府如果过于谨小慎微、柔弱无方，弄得不好也会得到"豆腐政府"这一雅谑。李心传《建炎以来系年要录》记绍兴七年二月甲辰高宗谓近臣曰："朕常日不甚御肉，多食蔬菜。近日颇杂以豆腐为羹，亦可食也。水陆之珍并陈于前，不过一饱，何所复求过杀生命，诚为不仁,朕实不忍。"南宋朝廷以懦弱闻名于世,杀岳飞以成和谈,倚秦桧而为栋梁,在后人眼里声名不佳,不知是否与皇帝本人吃豆腐吃得多有关系,有兴趣的人不妨研究一下。还有一位著名人物是现代史上的瞿秋白先生,据近年来陆续开放的文献,当年他在福建长汀罗汉岭光荣就义前,最怀恋的东西居然也是豆腐,而不是自己信仰的真理和主义。他说:"中国的豆腐也是很好吃的呀,世界第一!"这段定论见于死前所著《多余的话》一文的结尾,可见豆腐之为食物,确乎非同寻常。

# 豆腐闲话中篇

豆腐在野史里历史悠久,源远流长,但正史里于此吝置一词,或者说,只有豆而没有腐。要把这两个字合起来并让它在饮食史上出现,至少要等到苏东坡北宋熙宁五年当杭州副市长的时候。陆游《老学庵笔记》记有个叫仲殊的僧人喜欢吃甜食,"所食皆蜜也,豆腐、麫觔、牛乳之类,皆渍蜜食之。客多不能下箸,惟东坡性亦酷嗜蜜,能与之共饱"。豆腐二字于此首见。后来老和尚坐化了,方外友邹忠公作诗悼念,内有"钵盂残蜜白,炉篆冷烟青"云云,写的就是半碗吃剩的豆腐和一口煮豆腐的锅子,证明这事基本是可信的。

素言无忌

至于非要将它的发明权归功于汉淮南王刘安，始作俑者为元代写《草木子》的叶子奇。稍后进入明代，知识分子地位高，作家们肚里有点油水了，就喜欢写食谱，相互抄来抄去，参与的人多，信的人更多，时间一长主流说法形成，这姓刘的豆腐王的位置就坐定了，真假如何也就没人去管。比如明人方以智在《物理小识》里言之凿凿："本草言豆腐为淮南王刘安所作者也。"而在《通雅》里却又说："传自淮南王以豆为乳，脂为酥，唐宋本草止有豆黄卷，乃以生豆为芽蘖也。"这两本书都是他写的，前云豆腐，后云豆芽，发明的到底是豆腐还是豆芽，只有长眠地下已两千年的刘安自己知道了。

但食谱是用来看的，豆腐是用来吃的。不管是谁发明，只有好吃才是硬道理。何况价格便宜，老少咸宜，因此它在传统家庭主妇的菜篮里声誉极高，并得到发自内心的拥戴。假设我们从工薪阶层的食单中抽去豆腐一味,其残忍程度不亚于从大款们的宴席上抽去海鲜与野味——简直是难以想象、无法容忍的事情。因此有时买菜时会突发奇想:如果要搞一个全国大选什么的,推举素食王国里的国家主席,我相信绝大多数选民都会将选票投给这位洁身自好的豆腐先生的。所持的理由,虞集当年在《豆腐三德赞》里已经说得很清楚了,文后复有赞曰:"掇山腴,漱仙浆。软于云,洁于霜。舌生肥,齿不伤。君子食之寿而康,肘后服玉旧有方。传之天下,匪私吾乡。"此人是文学史上大名鼎鼎的元四家之一,其《风入松》词结尾"杏花春雨江南"六字金言,就是吃豆腐时写出来的。《元史》说他既久居相位,又深谙民情,因此他的话可以说在一定程度上代表了民心所向。

其他爱吃豆腐,自表清白的高官也有很多。《献征录》说都穆历官六十余年,自奉甚俭,日惟豆腐一味,人以都豆腐称之。《江西通志》说福建御史巡按丁俊也是食惟豆腐,人谓之豆腐御史。《江南通志》说刘麒自朝过日午饥甚,比就案设食,惟脱粟一盂,菽乳(豆腐)一器而已。李日华《蓬栊夜话》说许文懿公在中书遇不得意,辄投其笔曰:"人生几何,乃舍吾乡炕腐,而食煤火肉?"而《元明事类钞》赶紧补充说:炕腐就是豆腐,他的专用厨师外号箬山王老,"以砂锅炕腐,成片鬻之,味独胜也,人因此目为许阁老腐"。让人奇怪的是这些人都是明朝人,又生活在一个大致相同的时间段里,尽管暂时找不到他们收买或串通媒体的证据,但一个个争先恐后都来这么一番深情的表白,总感觉是有些不正常的,因此我怀疑当时是不是都被纪委盯上了?

豆腐的广告功能被成功开发出来以后,不仅当官的爱吃,连皇帝自也难以免俗。宋高宗那些事儿上面已说过,就

素言无忌

不再啰唆了。明人张定《在田录》曾披露一个为官方文献长期掩盖的秘密,"上皇以卖腐为生,皇觉寺一寺僧众,争来买之。"就是朱元璋老爸当年就是卖豆腐的,包括他的出生,也是在皇觉寺里,并非如自传所言至十九岁始入寺出家。又如清代的乾隆,在有关他七下江南的种种稗官野史中,渲染得最厉害的故事恰恰也由豆腐充当主角。据说当时他微服简从入杭州某食肆吃饭,席间端上一菜,色泽鲜丽,滋味隽永,为生平所未尝,叹为食止的皇帝不禁连声动问此菜何名?老板娘用杭州官话娇滴滴回答,叫什么"金镶白玉版,红嘴绿鹦哥"——其实不过是一碗菠菜豆腐汤也。

豆腐作为素食中的尤物,非但市价低廉,其制作方法也十分简单易学,用不到花钱去上高校搞活经济开设的培训班。它的工艺过程是将大豆浸水后磨细,滤过水渍,煮成浆,再加入少量石膏或盐卤,经过凝结沉淀后放入木框之中，压去水分，即可得之。这对缺乏技术和本钱的小业主们十分有利，可以用最小的投资最快地获得收益，因此历代从业者颇众。往远处说，有南宋嘉兴老儒闻人茂德，弃官归里，在巷口开一家豆腐羹店，好友陆游说他"谈经义滚滚不倦，发明极多，尤邃于小学云"。这是明摆着拿店里煮豆腐那口大锅来打比方了。往近处说，有革命经典作品《白毛女》里的杨白劳先生，毕生从事此业，勤勤恳恳，偶因一时销路不畅，加上债主催逼欠款，不得已于大年三十喝盐卤自杀，结局相当悲惨。这也正好应验了我们这里农村的一句土话，叫做"豆腐也能撞煞人"。不过有一点必须严肃指出，撞死杨白劳的不是豆腐，更不是做豆腐的盐卤，而是推行一夫多妻制的万恶的旧社会；再者他的女儿长得十分漂亮，非但不能净化坏人的心灵，反倒使坏人变得更坏，可见彼时人心之不古，这个原则问题我们不能不搞清楚。

# 豆腐闲话下篇

豆腐作为最具中国特色的传统食品,爱吃的人满天下,会做的人就寥寥无几了。实际上它之所以被誉为美味,跟《文心雕龙》论写文章的秘密一样,一在其质,二在其作,缺一不可。小时候我住居附近仪凤桥上有三个挑担卖豆腐花的,唯独一红鼻老汉名金阿三者摊前食客如云,应接不暇,也不过烹制上有些不为外人所知的独门手法而已。其制与《山家清供》说的雪霞羹略有些相似,"采芙蓉花去心叶,汤瀹之,同豆腐煮,红白交错,恍如雪霁之霞"。不过豆腐担是长年吃饭家生,而荷花不会一年四季盛开着助你挣钱,不得已只好退而求其次,改成酱油红烧,葱丝盖面,倒也别

## 豆腐闲话 下篇

具风味。而《清稗类钞》所记孙渔笙爱啜的罗定州豆腐羹却不放酱油，尽显本色，虽云"极精美，细腻洁白，其滑如脂"，到底怎么个精美法，却不着一字，尽得风流，因为他是俞曲园的弟子，码头拜得好，老师有名，他也有名，最后连豆腐也跟着沾光。

清乾隆二十三年，扬州巨贾程鱼门家里灯烛辉煌，笙歌四起，一次别开生面的宴饮刚刚进入到高潮。座上贵客有金农、袁枚、江慎和郑板桥等，全是那年代的明星人物。席间一盘貌似平常的生煎豆腐给这帮趾高眼白的江南才子留下了深刻印象。据袁枚事后回忆，这盘豆腐"精绝无双，其腐两面黄干，无丝毫卤汁，微有车螯鲜味，而盘中并无车螯及其它杂物也"。他打算次日向主人好好讨教一番，但第二天一早因家里有急事不得已匆匆离开了扬州。"不及向程求方，程逾年亡，至今悔之。"这段记叙是我几年前于一本闲书中偶然看到的。说来奇怪,当初读到这里的时候,心里很自然地一下子就想到了嵇康临刑前所弹奏的《广陵散》,以及那句流芳千古的名言:"广陵散于今绝矣!"内心在感慨这位袁才子一往情深的同时,不免对他笔下的那盘生煎豆腐更为神往。

后来年纪稍长,涉猎稍广,见元人著的《群书类要事林广记别集》卷之七有一款火赞豆腐,"每豆腐一片切作块,用醇酒半升,加盐渍,两三时于铛内,起葱油漉,豆腐入油内煎,令黄色,次取甜酱椒姜研细,和元浸汁,并以熟菜同煮数沸食"。一时间有旧曾相识之感,取出《随园食单》来仔细对照了一下,才知亦如芹溪公子的《石头记》,不过在前人基础上加工而已,不能说全是自创。包括书里其他所记的那些,如什么芙蓉豆腐、虾油豆腐、杨中丞豆腐、蒋侍郎豆腐、王太守八宝豆腐等等,如有时间拿出前人食谱来比

這本開畫書是某人一生
號召發資的原始記錄
其中记载着最詳最多
的還數豆廣的各種做法
丙戌十二月生同志寫之馬歇 書

素食帖

较，大约也能一一找出其师学渊源。这让我懂得了一个道理，天下豆腐一大煮，看你会煮不会煮。因此不管是写文章还是搞研究，都需谦虚谨慎，不要动不动就打版权官司。西谚所谓太阳底下无新事，庄子所谓尽信书不如无书。可见是自古已然，不过于今为烈罢了。

然而扬州盐商的生煎豆腐尽管出彩，比起《射雕英雄传》里的绝世佳肴"二十四桥明月夜"来，恐怕又要相形见绌。熟悉金庸小说的读者，一定还记得书中黄蓉掌厨，以美食引诱洪七公传授郭靖降龙十八掌那一段精彩描写。当时精于饮馔的洪帮主因餐桌上的新鲜花样日见其稀，打算一走了之，黄蓉的这招绝活只好亮了出来。具体的做法是将一方豆腐用利刃削成二十四个小球，再将一只陈年金华火腿涮洗干净后，在肉身上挖出二十四个小圆孔，镶进削好的豆腐，盖上火腿片，用牙签封牢。用锅蒸上两小时左右，将先前埋入的豆腐小球剔出。火腿之鲜味此时已被豆腐完全吸收,弃之不用。再以鲜汤一碗煮沸,放入蒸熟的豆腐球,略加佐料,这道以唐诗为名的佳肴至此才算是大功告成。

现代人的生活节奏要明显快于古人,因此现代人吃豆腐不会有这么多讲究。但跟其他食物一样,吃豆腐吃到最后,也只能是吃文化了。因此《隐居通议》就说:"宋咸淳间吉州龙泉县有卖豆腐王老者,年八十有六,平生朴素,不识字,忽呼其子,告以欲归,令代书豆腐诗曰:朝朝只与磨为亲,推转无边大法轮。碾出一团真白玉,将归回向未来人。言讫坐化,诗意亦有味也。"而徐伯龄《蟫精隽》也有记称:"尝闻故友许廷晖遥为予言,得人作豆腐诗,深于咏物,工巧极致。诗云:'传得淮南术最嘉,分明水底炼精华。二轮磨上流真液,百沸汤中滚雪花。瓦缶盛来云有影,金刀细切玉无瑕。要知滋味谁能识,都属禅家与道家。'"二十年前初读此诗,陈寅恪先生的《柳如是别传》刚由三联重版,因为崇仰的缘故,便学他的方法考证了一番。潜说友《咸淳临安志》卷柒拾玖:"玉泉净空院在豆腐桥南,齐建元中灵悟大师昙超开山卓庵,讲经演法。天福三年始建寺,名净空院。"又姚之骃《元明事类钞》卷叁拾壹:"《献征录》:张三丰寓德安太平山,将辞去。父老登山为别,三丰揖众使坐,市豆腐一提归,曰:此提板乃唐邑西关王宅物,为我还之。至问王宅:市豆腐时,父老登山日也。唐邑去太平山百四十里,回觅三丰,不知所在。"花了几天工夫,末句的一僧一道,总算都钩稽出来了,可见这方法还是相当管用。不敢私好,兹将研究成果公布,以博诸位同好吃豆腐时一笑。

# 汉书下酒之类

节前家中来一雅客，其诗名听说在北方甚是了得。当日一顿猛侃下来彼此肚饥，于是就去外面吃饭。我于此道一向讲究精致而不靡费，但考虑到人家为了繁荣中国当代诗歌，推进社会主义精神文明建设，不远千里，来到湖州寻诗访友，这是什么精神？这是理想主义的精神，这是共产主义的精神。心神激荡之际，也就破例叫了一桌子菜，啤酒当然更是论箱，其间一道红焖牛尾似深得清代御厨烹制鹿尾之法，香酥腻肥一字不缺，且以菜叶衬底，略见古意。哪想到此君只顾开怀痛饮，并不见他动箸。待问起因由，只慷慨激昂以善饮者无须佳肴相佐为对，令人自惭形秽，不由得肃然而起敬意。

素言无忌

诗人素多豪放,坐诗又须酒助兴,酒量好自然是没得说。但开始好像也用杯用碗的,跟常人并无二致。自从杜甫给本家杜康酒厂写软性宣传文字,号称李白一斗诗百篇,抱着坛子往嘴里灌遂成主流饮法,至于有没有下酒物,就更没人在乎了。苏子美当年寄寓岳父杜正献门下读书,也是如此的一番做派。老丈人见他每夕须饮酒一斗,从不令厨下备菜,心中不免狐疑。一天晚上实在按捺不住好奇心,派心腹家人前往侦探,得到的可靠情报是"闻读《汉书》张子房传,至良与客狙击秦始皇,误中副车,遽拍案曰:惜乎不中!遂满引一大白。又读至张良辗转多年始遇汉高祖,又抚案曰君臣相遇,其难如此!复举一大白"。杜先生闻言后哈哈大笑:"有如此下酒物,一斗诚不为多也。"这就是有名的以汉书下酒的故事。而陈廷敬撰于成龙传,说他"日二食,或日一食,读书堂上,坐睡堂上,毛头赤脚,无复官长体。夜酒一壶,直钱四文。无下酒物,亦不用箸。快读唐诗,

写俚语，痛哭流涕，并不知杯中之为酒为泪也"。

苏子美是苏东坡的朋友，行事做派倜傥风雅自不待言。于成龙是清初名臣，姚廷遴《历年记》记他康熙二十三年在两江总督任上病亡，"乡绅庶人等及百工技艺，俱来吊奠，放声拜哭，至诚之动人如此，亦未有事也"。其精神高度当亦非一般官员所及。这两人喝酒不用菜，或许是习惯，或许是风度，总之不是因为兜里没钱。但日常生活中还真有因家境窘迫不得已出此下策者，不仅喝酒无肴相佐，连吃饭也是如此。《笑林广记》写吴中一贫家进食，"二子午餐，问父用何物下饭？父曰：古人望梅止渴，可将壁上挂的腌鱼，望一望吃一口，这就是下饭了。两子依法行之，忽小者叫云：阿哥多看了一眼！父曰：咸杀了他"。故事虽然好笑，却怎么也笑不出来，套用上面陈大学士的话，以"并不知碗中之为饭为泪也"。

还有其他的各种喝法,也让人大开眼界。有以皇帝恩宠为下酒物的,如《续资治通鉴长编》谓"文彦博入觐,置酒垂拱殿。上命酌御罇酒一卮赐彦博,面谕云:知酒量未退,可饮尽。彦博再拜以谢"。有以风景为下酒物的,如沈璛《次韵和牧翁题沈启南奚川八景图卷》谓"青山白云粉黛深,暝树寒鸦疑墨涂。读书有此下酒物,秋田可酿钱可沽"。其中又数以伎乐为下酒物最助饮兴,这方面有个叫淳于髡的说过一句老实话:"罗襦襟解,微闻芗泽,当此之时,髡心最欢,能饮一石。"而现下大小食肆为招揽生意推出的边吃饭边看时装表演那套玩意,虽说不过是对古人秀色可餐意境的某种拙劣的现实复述,食客们的反响却异常火爆,听说有的地方还有提前几天就订不到桌的。遗憾的是满台春色饱览无遗后,一桌佳肴照样吃得精光。可见人心不古,较前述种种已不可同日而语。

# 偷荤笔记

## 杭州蜜火腿

《随园食单》里有两处写到火腿都很有意思，一次是在两江总督尹继善的苏州公馆，当时宾主正在客厅里一边闲谈一边等着开宴，从膳房那头忽有异香穿几重门飘至，仿佛绝世佳人未见其面先闻其声。待端上桌来，其制法也远非一般只敢作佐料的俗厨可比，"连皮切大方块，用窖酒煨极烂"。而且选料用的也是四钱银子一斤的杭州忠清里王三家的陈年上品，这个价格要高出当时市价几乎两倍。另一次在袁随园自己小仓山房家中，门人方甫参从杭州托人捎来。老袁当即令厨房将火腿削皮去油，切块煨熟后再加二寸许的黄芽菜心，重用窖酒，连焖半日。据袁自称，这道菜用的是南京朝天宫道士的独门手法，其中"上口甘鲜，肉菜俱化"八字定评或有夸饰，但他感慨的"三年出一个状元，三年出不得一个好火腿"确为此中至言。另外煨火腿重用蜜糖黄酒一说，似乎也少见前人述及。

都道是善治疱者以采料新鲜为上上之选，却不料火腿一味竟反其道而行之，一向都是越陈越佳。对此中年以后客居台湾的梁实秋先生想必一定也有深切体会。"有一次得到一只真的金华火腿，瘦小坚硬，大概是收藏有年。菁清（梁夫人）持往熟识商肆，老板奏刀，砉的一声，劈成两截。他怔住了，鼻孔翕张，好像是嗅到了异味，惊叫：这是地道的金华火腿，数十年不闻此味矣！"《雅舍小品》里的这番绘声绘色，像不像郑振铎当年在北京琉璃厂贱值买到宋本精椠，或隔壁开水铺李大妈的彩票侥幸中得五百万大奖？我看是比较像的。不过梁先生食事上的声名虽可比肩随园，其吃火腿心法则刚巧与前者相反："以利刃切薄片，瘦肉鲜明似火，肥肉依稀透明，佐酒下饭为无上妙品，至今思之犹有余香。"

至于火腿的价格，手头正好有晚清杨葆光的《订顽日程》，而且此人生平于食物一道最大的爱好就是吃火腿。其同治六年（1867）五月初四条下有云："买火腿二只，钱九百九十四文。"光绪五年（1879）十二月初一复记云："支火腿等钱四百九十八文。"光绪六年（1880）三月十二日复有记云："支火腿钱四百廿五。"同治六年九百九十四文是买两只火腿的价格；光绪五年四百九十八文是买一只火腿及他物的总价格；光绪六年四百廿五文是买一只火腿的价格；则从同治六年到光绪六年，在长达十四年的时间内，火腿的价格不但未涨，甚至还有所下降，清政府控制物价水平之高亦可略见一斑矣。

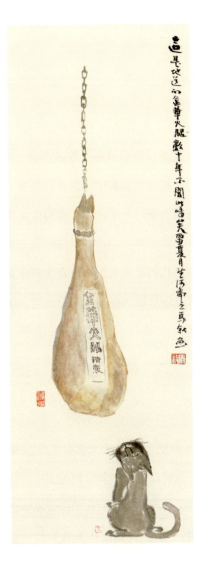

杨葆光字古酝,松江人,自号红豆词人,兼擅书画,当过两任知县。生平以热心扶助女作者著称,与《红楼梦》研究亦大有干系。梁先生学贯中西,著作等身,以七十三岁高龄娶美人韩菁清为妻,一生占尽饮食男女之风光。袁先生十年为官,五十年隐居林下,诗酒放诞,妻妾成群。三位不仅都是各自文学时代的著名人物,而且文章声名同样也是后期盛于前期。可见前头说的越陈越佳什么的,倒也并非只为火腿一物所独擅。

## 练市羊肉

从前有位练市朋友每年秋天总会来信邀我去吃那里有名的拆骨羊肉。他清癯的书法和雅训的文字,一直如那里的羊肉那样耐人寻味。在某一年的札中记得有一段话曾写到文化的魅力,他说:"是的,虽说作为背景的粉壁青瓦,流水小桥早已被宾馆、超市和其他粗粝的水泥建筑取代，但在犹如刀砍斧凿的记忆中心，那一只双耳大铁锅，那只简朴的黄泥炉子，那一把把不停地往沸腾的锅中撒去的蒜、姜、辣椒的碎末，还有秋风中夹杂着菊花幽梦的满街羊肉的香味，这一切应该没什么改变，估计还能让你找到几分从前的亲切。"这几句话虽然说得不徐不疾，产生的力量却足以令我抵销当日打的赶去掏出百元大钞付账时的心痛感觉。车上我想，其中用于形容记忆的"刀砍斧凿"四字，似乎可圈可点。

途中要经过双林镇，双林用整羊白煮的板羊肉也是此中佳制，还有练市南边新市镇的金字招牌张一品酱羊肉。司机加油时我一边切一包尝鲜一边想，文化这东西说来可真是有点奇怪，互相毗邻的三座水乡小镇，风俗物产，起居饮食上也瞧不出什么区别，可做出来的羊肉就是不一样，好像全都赶着要去参加华山论剑似的。不仅风味各有千秋，形式处理上也尽有让人眼花缭乱的独门手法。当年有两个魏晋人物王武子和陆机争夸家乡食事。王武子指着盘中羊酪，一脸轻蔑地问：你们南方有这样的好东西吗？可惜陆机出生松江，当时只能举出鲈鱼莼羹为对，总算彼此打了个平手。如果他是浙北一带人，我想他完全可以微微一笑之下，从容做出令对方自讨没趣，进而甘愿服输的回答。

但练市的羊肉好吃是好吃，倒也不是人人都有口福消受的。首先它的辣对很多倾向口味清淡的人就是一道天然屏障。对于一盆正宗的拆骨羊肉，大把的尖头红椒、姜末与蒜叶，简直就如一副完整书画作品上的印钤、上款和题识一样不可或缺。其次吃的时候过于拘谨和温文尔雅似乎也未能臻其佳境。怀德说他笔下的阿利克斯"在羊肉面前可算不上是优雅的淑女"，确是知味之言。我那次去时主人请来作陪的两位女士中的一位，好像就是被我用这段话说服，进而箸

手齐动,捋臂豪啖的。而另一位相貌姣好的也许天生与此味无缘,只尝一小块就被辣倒。许多年后的今天我写这篇文章,我们的小镇美人当初玉容失色,香舌猛吐的悲壮场景尚让人神往不已。

## 李渔食蟹

在市场上看到螃蟹,三两左右的只卖二十块一斤不到。自去年秋天以来,若辈价格犹如运行中的上证指数曲线,好端端一个劲地往下掉。几乎又回到了八十年代中期诗人宁可写"螃蟹横行到十三四块钱一斤的水平"。本来也想买些尝新,但我这人一向不怎么风雅,加上这玩意吃起来确实也相当麻烦,于是转身将买蟹的钱去买了鳜鱼与青菱。一张五十大钞出手之时,想起清初名士李渔一生嗜蟹,"每岁于蟹未出之际,即储钱以待,因家人笑予以蟹为命,即自呼其钱为买命钱"的故事，不禁哑然失笑。心想，好在李先生三百年前就已作古，不然假如被他在旁边看到，想必惊诧之余，说不定还会大声嚷嚷，说：大伙快来瞧——这家伙连命都不要了！

李笠翁当然是风雅人，这从《闲情偶记》一书里对饮食起居的讲究和匠心独运即可得知。吃起螃蟹来当然也该有"自初出之日始，至告终之日峻，未尝虚负一夕"的气派才是。虽说此物向为文人擅美与津津乐道，但像他这样用情专一，"无论终身一日，皆不能忘之"的，恐怕也不多见。相比于某些用牙签剔螃蜞、搂着家中黄脸婆子自称好色的三家村人物，芥子园内金风送爽时节每天几口大缸畜养百来斤大闸蟹，瓮内点灯，任凭照取，乔、王二妃玉手调羹的架势显然要将他们吓坏了。何况为了确保食蟹工作的顺利进行，每年这个时候，他甚至还得对家庭的组织人事工作和器物命名做出相应的调整。比如糟名蟹糟，酒名蟹酿，瓮名蟹甕什么的不去说它了，连爱妾房中一个眉目俏丽的贴身侍婢，也被他临时改名蟹奴，专门负责螃蟹的伺养和洗涮事项。

物质生活的靡费需要强大的经济来源支持。李渔一生逍遥，非仕非官，按现在的归类只能算作社会闲散人员。其生财之道是尽可能将自身的知名度转化为实实在在的市场效益。比如开办写作公司，组织艳舞剧团四处演出，策划出版畅销大众读物什么的，包括争取附庸风雅的商贾和有钱官僚阶层的赞助，俨然当下京沪等地某些文化大腕的做派。他著名的"世间好物，皆利孤行"一语既可作为自己一生的食蟹心得，同时也不妨看做是人生原则上的某种夫子自道。因此，今天杭州的另类青年和知识经济的膜拜者如果需要精神偶像，我倒是愿意向他们推荐原先客居吴山东北铁冶岭居园的李笠翁先生。

# 小笼包子文化史

附记

第一次在知味观吃小笼包子,记得已是二十多年前的旧事,是杭州一位写诗朋友请的客。那时改革开放的春风在杭州城里尚是初拂,西湖边的垂柳依然保持着旧时的风韵。包括店堂所在的仁和路,横贯湖滨与延安路之间,也只是窄窄的一条,店铺一家接一家挨着,熙熙攘攘,市井气息相当浓厚。门面自然也不大,一眼可以四周溜上一遍的那种。因为事先对它的名头已有所知闻,加上当地朋友的鼓吹,可谓口福未享而食指已大动矣。进门找空位子坐下,没过多久就热气腾腾端上来,米醋自然是必备之物,还到厨房里去要了点姜丝放在醋碟里,这是拜邻桌一位老者所教,味道果然大

歷史與現實，飲食男女，不外以
這樣的方式伴我度過又一個平常而勞動的上午
丙申長夏，馬敘畫

素言无忌

不一般。虽然没有黄庭坚那样的好胃口，自称"早食包子，作数种，乃佳肉汁"（见《山谷简尺》下卷），但两人叫了三笼，其中一大半都是我干掉的。较之昔日所尝如南翔猗园、无锡秦园、常州万华茶楼等，虽不见得有特别的好处，但他处有在馅里加虾肉蟹粉的，其味虽鲜而略腥，反不如纯猪肉的口感更佳。就个人口味而言，我倒是偏爱知味观的多一点。此外门口挂的那块招牌估计也起到了一定作用，以一家普通饮食店而有如此风雅的字号，让人快哒狼吞之余，不免对它的创办人孙翼斋充满了想象。

以后常来常往，每次到省城，只要有空，总会想着要去那里报个到，过把瘾。八十年代末期有将近一年时间客居杭州，光顾更是频繁。然因名气渐大，食客奔集，每次去要等个把小时已为常态。每逢这种时候，当其他顾客望着邻桌热气腾腾的蒸笼口水直流时，我的办法就是使劲想着书

附记 小笼包子文化史

里记的那些古代食事，当然大多亦与此物相关，如《东京梦华录》所称王楼梅花包子、《夷坚志》所称班家四色包子之类，一边想，一边还喜欢推测它们之间可能存在的传承关系。《梦粱录》说的"市食点心，四时皆有，任便索唤，不误主顾。且如蒸作面行卖四色馒头、细馅大包子，卖米薄皮春茧、生馅馒头（下略）"，前面两种应该就是我们现在常见的馒头和肉包，第三种米薄皮春茧是烧卖，最后一种生馅馒头，大约就是小笼包最早的雏形了。这张食单，我敢断言孙先生一定是看过的，没有传统文化的养料糅合在里面，他的包子不会有这样可口的滋味。

这里或许有必要回顾一下此物的历史，南方人对包子馒头概念不清，随口乱叫，实际上在古人那里，这两样东西界线相当分明，其要不在大小，而在看其中是否有馅。《清稗类钞》对此进行一番考证后说是唐朝人发明的，但这个观点陆游不一定会同意。其所作《与村邻聚饮》诗有句曰："蟹供牢九美，鱼煮脍残香。"下有自注云："闻人茂德言《饼赋》中所谓牢九，今包子是。"《饼赋》是晋人束皙的作品，可见此物自西晋时起已是国人餐桌上之美食。至于原文的"牢丸"，到了陆游笔下何以就成了"牢九"，《庶斋老学丛谈》作者元人盛如梓可以帮我们解答这一疑问，在书中他解释道："或谓牢九者，牢丸也，即蒸饼。宋讳丸字，去一点，相承已久。"大意南宋是短命朝代，以偏安为满足。因这个"丸"字其音同"完"，心理脆弱不敢面对，于是就想出这么个馊主意来，去掉中间一点，变"丸"为"九"。可惜也没什么用，没过多少时间还是完了，这也不去管它。但最早的包子始自西晋，而非徐珂说的唐代，这大约是可以不必有怀疑的了。

在知味观想起孙翼斋，有时顺带着也会想起吴自牧、

附记 小笼包子文化史

周草窗、林洪这些人。他们笔下杭州餐饮业的豪奢气象，可以让今天中南海的国厨瞧着也不敢居大。具体说到包子，宋代的包子可以精致到什么程度，《鹤林玉露》记蔡太师府有包子专厨，内且有专司切葱丝者，为今治宋史者耳熟能详。而东坡致冯祖仁札亦称：欲告借前日盛会包子厨人一日，告白朝散，绝早遣至，不罪不罪。恐知者不多。《清异录》又记"赵宗儒在翰林时闻中使言：今日早馔玉尖面，用消熊栈鹿为内馅，上甚嗜之，问其形制，盖人间出尖馒头也"。相府厨房里专设有包子房，已是令人大开眼界，而包子房的厨师居然宣称只会缕葱丝，不会做包子，那就更让人叹为观止了。

但现在的问题是，尽管八百年前寓居杭城那帮名士才华横溢，其绘声绘色的描述，为杭州的饮食文化历史做了很好的记录和推介，仍然不能帮助我们对小笼包子的源头作出有效判断。也就是说，你可以说南宋的肉馅包是天下最精美最好吃的，但不能说这种包子一定就是后世的小笼包子。一是没有标明大小形状，二是缺乏制作过程方面的描写。相比之下，明人宋懋澄所辑《竹屿山房杂部》所记，跟现在知味馆餐桌上的那一笼，距离可能要更为靠近一些。该书卷二包子条下称："用面水和为小剂，轴甚薄，置之以馅。细蹙其缘，束其腰而仰露其颠，底下少沃以油。甑中蒸熟，常以水润其缘，不使面生。馅同馄饨制，宜姜醋。"又是"细蹙其缘"，又是"束其腰而仰露其颠"，馅的大小与馄饨相当，吃的时候最好又要佐以姜醋，这才看上去有点靠谱了。

当然，更权威的记录，还当数长期湮没在北京图书馆善本部的清代饮馔巨著《调鼎集》，其第九卷点心部收各类糕点面食两百余种，其中有云："作馒头如胡桃大，笼蒸熟用之，每箸可夹一双。"又是胡桃大小，又是笼蒸熟用之，则非小笼包莫属。此书多年来一直以手稿形式收藏,故知者甚少。作者童岳荐绍兴人,系孙翼斋老乡,乾隆中晚期寓居邗上,《扬州画舫录》说他"精于盐荚,善谋画,多奇中",疑为师爷一类人物。手头阔绰,于厨艺自然也颇有心得。死后手稿散出,为济宁鉴斋所得,后来大概由他捐给了北京图书馆。鉴斋其人学界向少知者,考杜文澜《憩园词话》卷二有"汪鉴斋观察词"条,"鉴斋名藻,一字簫珊,辛丑进士,即用河南知县,改工部屯田司郎中,以道员用,加运使衔。善诗书画三绝,尤工倚声"。又据为此书刊本作序的成多禄(即满人恩龄)称,"与多禄相知余二十年,素工赏鉴,博极群书。今以伊博之资,当割烹盐梅之任"。济宁为山东盐运使驻地,即所谓"割烹盐梅之任"也。善书画赏鉴,与恩龄又属同时,当即此人无疑。正因为有这些人的风雅和用心,有他们各自付出的默默努力,中国小笼包子的历史,从此也就留下了一份相对完整的档案。

素言无忌

遗憾的是，相比上述诸人，孙翼斋本人的生平事迹，留下来的居然更少。连店里资格最老的员工，现在能够回忆起来的，也不过寥寥数事：民国三年在湖滨仁和路店址附近设摊、初试锋芒。数年后略有盈余改摊为店，不过仍为小本生意而已。一九二九年加租店面扩大经营范围，发展为有雇工十余人的中档食肆，估计对上一年的首届西博会商机有很好的利用，手头宽绰，因有是举。真正上台阶，形成规模大约为一九三七年，但不到一年日本人就打进来，只好将馆子关闭回乡避难。两年后局势稍定，有过重新开业之举，但具体情况就不清楚了。个人身世方面，只知道他是绍兴人，卒于一九四七年，产业由儿子孙仲琏继承。以初涉这一行业年龄在二十五岁左右计，享年当在六十左右。此外有个为人忽略的细节是，老先生在世时无论店里店外，认识的人都爱以师爷相称。假设并非熟人相谑，而是对他先前所从事职业的尊称，那么他涉入饮食业的时间理应更晚，当已在三十岁上下,生平享年自然也得延长,大约活了有六十五岁。

或许,有了上述文字提供的基础,再加上合理的想象,应该就能大致推测出他早年的情况。比如说,出身书香世家,少年时即以才名闻于乡里,诗词书画样样精通。有过科考经历,落榜后随父辈或亲友外出作幕,这就是师爷这一称呼的来历了。后因国事动荡,江山鼎革,全中国的道员县令们一夜之间丢了饭碗,手下混饭的自然也全都卷铺盖回家。或许当初他对自己的笔墨生涯尚有所留恋,但迫于生计不得不改弦易辙。一个有意思的现象是,他的担笼出现在西湖边的时间为一九一三年,这与辛亥革命的炮声或有因果关系。之所以这么认为,一是因为他的字号翼斋,当非一般摆摊的敢随便使用,二是店名知味观源出《礼记·中庸》所谓"人莫不饮食也,鲜能知味也",当初就是地方上的前清举人老爷,也不见得一定就有这水平。满腹经世济时之术,化作对一笼包子,一碟小吃的潜心钻研,这就是中国士人的祖传绝技。老子说:"治大国若烹小鲜。"《调羹集》序言作者也说:"天下之喁喁属望,歌舞醉饱,犹穆然想见宾宴礼乐之遗。而故人之所期许,要自有远且大者,又岂仅在寻常匕箸间哉!"如此曲尽甘苦之言,我想当正为孙翼斋这样的饱学落魄才士而发。

正因为对孙先生的好奇心太重了,平时也就时常留心有关他的资料,结果发现瑞安有个叫孙诒燕的,字号居然与他完全相同。此人是光绪二年举人,例用内阁中书,相当于是现在国务院的秘书。其父孙嘉言是孙衣言之弟,与一代大儒孙诒让当为中表关系,而他自幼师从的伯父孙锵鸣,又为李鸿章登第之房师,从广义上说也可以算是师兄弟了。据说温州图书馆里有他的《望益斋诗存》和《孙翼斋先生诗稿》抄本,一时虽无缘拜观,但从选入《两浙輶轩续录》的那几首诗词来看,文才学识都是相当出色的。包括现家乡玉海楼里存留的书法对联,书风也极秀丽。以我的内心私念,当然希望这两位孙先生是同一个人,但事实上他们应该不是,《孙诒让年谱简编》光绪六年条下有"从弟孙诒燕卒"之记载,也就是说温州的孙翼斋卒于一八八〇年,年仅二十六岁。而当绍兴的孙翼斋卖小笼的担子在西湖边摆出来,已是民国三年初夏的事了。

这是一个精神生命截然不同的两种生存方式,或动荡年代文人卑微命运的必然选择?我说不上来,也不想去进一步研究。我现在最想做的事只有一件事,等着什么时候稍空一点,专程到知味观去坐一坐。当然以气候温和的季节为宜,仲春或初秋都可以,也不必起得太早,八九点钟的样子,但最好一人独自前去。老字号找不到了,新开的环境好一点的分号也行。挑靠窗的位置住下,沏上一壶好茶润润喉，等包子上来后，拿出从温州图书馆里复印来的《望益斋诗存》，一边品尝，一边慢慢翻看，嘴巴眼睛双管齐下，真正做到物质文明与精神文明双丰收。"紫金山势郁崔巍，胜国幽宫冷翠微。石兽宵寒颓阙在，铜驼草长故宫非。江东无复钟王气，泗上由来有布衣。麦饭一盂何处觅，西风落日怅魂归。"这是另一个孙翼斋写于同治末年的《随侍止叟伯父谒孝陵和作》，而我坐在现代化的车座式靠椅上边吃边看，且不时微吟出声，在为诗人的书生意气、愤激言词感慨的同时，这边孙翼斋的最后两个包子也正好入肚。然后一声长叹，结账出门。历史与现实，饮食和文学，就以这样奇特的方式，伴我度过又一个并不宁静的上午。